Sur l'auteur

Longtemps journaliste à *Paris Match*, *L'Express*, *Lui* et *Vogue Homme*, Jean-Pierre de Lucovich est l'auteur d'*Occupe-toi d'Arletty !* et de *Satan habite au 21*, tous deux parus chez 10/18 et mettant en scène le détective Jérôme Dracéna dans le Paris de l'Occupation.

Du même auteur
aux Éditions 10/18

OCCUPE-TOI D'ARLETTY !, nº 5019
SATAN HABITE AU 21, nº 5157
L'ASSASSINAT D'ORSON WELLES, nº 5541

JEAN-PIERRE DE LUCOVICH

L'ASSASSINAT D'ORSON WELLES

10/18

Grands détectives

créé par Jean-Claude Zylberstein

ÉDITIONS DU ROCHER

ISBN : 978-2-264-07613-7
Dépôt légal : février 2021

CANNES

Hôtel Carlton, suite 604
14 septembre 1949 – 18 heures

— Orson ! Vous êtes blessé ?

— Pas du tout, *dear boy*. Fausse alerte.

Orson Welles, livide, gisait à mes pieds, baleine échouée sur la moquette de sa suite de l'hôtel Carlton. Il essayait de sourire. Son cigare, en tombant, avait répandu sa cendre sur les revers de son costume.

La balle, tirée de l'extérieur avec un silencieux, avait fracassé un miroir derrière Orson. Je bondis sur la terrasse et sautai par-dessus le petit mur de la terrasse voisine. Les portes-fenêtres de la suite étaient entrouvertes. Le salon était vide, la chambre aussi. J'ouvris des placards, des tiroirs : pas de valises, ni de vêtements. Aucun objet de toilette dans la salle de bains. En revenant, je remarquai que les volets de l'autre suite mitoyenne étaient fermés. Comment le tireur avait-il pu manquer de si près une cible aussi importante qu'Orson ?

Orson m'attendait, debout, en train de brosser à petits coups, sans émotion apparente, les revers de son costume. Je fermai les portes-fenêtres et dis à Orson de se cloîtrer, par précaution, pendant mon absence, même si je pensais que le tueur ne reviendrait pas dans l'immédiat.

Je descendis en vitesse dans le hall de l'hôtel et me dirigeai vers la réception. Mon vieil ami André Sonier, le sous-directeur du Carlton, était en train de conseiller à un client américain de se méfier des « femmes louches » qu'il pourrait rencontrer le soir rue d'Antibes. En me voyant, il me fit un clin d'œil et jeta à son client qui s'éloignait : « *Take care !* »

André Sonier connaissait toutes les ficelles du métier. Savoir, par exemple, comment évacuer en douceur le corps d'un client décédé brusquement – « Ce n'est pas difficile, m'avait confié André, tu le fais sortir avec la blanchisserie le matin, ou alors le camion poubelles. »

— Que se passe-t-il, Jérôme ?

Il avait sa tête des mauvais jours. Celle qu'il affichait lorsqu'il avait deviné que j'allais lui demander un service.

— J'ai besoin de toi. Tu sais qu'Orson Welles a un flingue – non, tu ne le savais pas ? – et, en le manipulant devant moi, le coup est parti. La balle a traversé un miroir et…

— Orson Welles a un flingue… il l'a manipulé devant toi… le coup est parti… la balle a fracassé un miroir… Tu me prends pour un con ?

— Parole d'ancien flic de la Crim', André. Tu me connais.

— Oui, justement. Qu'est-ce que tu veux ?

— Personne n'a rien entendu. Nous allons sortir vers 8 heures. Fais enlever le miroir et remplace-le. Entre-temps, j'aurai extrait la balle qui s'est enfoncée dans le mur. Ne me pose pas de questions, je ne peux rien te dire pour l'instant. Tu imagines ce qui se passerait si les journalistes qui fourmillent pendant le Festival apprenaient ça ! Et puis, ajoutai-je pour faire bonne mesure, pense à la réputation de l'hôtel…

Il faillit éclater, mais son œil s'était allumé. C'était bon signe. Je ne le lâchai pas.

— Une dernière chose : qui occupe les suites voisines d'Orson, la 602 et la 606 ?

— Dans la 606, il y a Jean-Pierre Aumont et sa femme, Maria Montez, et la 602 est réservée pour une star qui n'arrive que demain. Pour le moment elle est vide. Ne me demande pas qui c'est, je suis tenu au secret. Et maintenant, tire-toi avant que…

Il se mit à rire et me donna une bourrade.

Lorsque je remontai, Orson était au téléphone.

— Room service ? Veuillez nous apporter un magnum de Roederer Cristal, s'il vous plaît. Suite 604. Merci.

Il se tourna vers moi, jovial. Il avait allumé un autre cigare, gigantesque, dont il souffla une énorme bouffée dans ma direction.

— Mon cher Jérôme, la fin heureuse de ce petit incident mérite d'être fêtée. Un peu plus et…

— Un peu plus et vous étiez mort, Orson !

Je sentais une colère froide monter en moi.

— À quatre jours du palmarès, au moment où on parle de vous pour le prix d'interprétation masculine dans *Le Troisième Homme*, vous vous amusez à vous faire tirer dessus ? Vous imaginez : Orson Welles, prix du meilleur acteur à titre posthume ?

Il tiqua.

— Écoutez, Orson, je suis responsable de votre sécurité, je dois veiller sur vous comme sur un bébé, auquel vous ressemblez d'ailleurs – on vous l'a déjà dit, n'est-ce pas ?

Il eut un rictus, il n'avait jamais aimé cette comparaison.

— Alors, si vous ne me dites pas la vérité, toute la vérité, si vous continuez à me cacher des choses, je ne réponds de rien et je m'en vais. Je me fais bien comprendre ?

— Doucement, *dear boy*. Ne vous énervez pas. À Paris, je vous avais donné toutes les informations nécessaires à votre enquête – pas assez, à l'évidence –, mais je ne me doutais pas que les choses prendraient un tour aussi sérieux. Je plaide coupable. Qu'est-ce que vous proposez ?

On frappa à la porte. Orson cria « Entrez ! ». C'était le champagne. Tandis que le serveur débouchait le magnum de Roederer – un bruit qui me rappela quelque chose – et emplissait nos verres avant de disparaître, Orson se laissa tomber dans un fauteuil. Un nuage de fumée l'entourait, au travers duquel un regard sardonique que je ne connaissais que trop me fixait. Ma colère était tombée.

— Vous voulez savoir qui veut me tuer, Jérôme ? Je vais tout vous dire, mais finissons d'abord ce merveilleux champagne. Ensuite, je vous invite à dîner au Blue Bar. Rien de tel que des aveux en mangeant !

***

Au Blue Bar, à peine entrés, un homme se précipita sur Orson, les bras ouverts, un sourire commercial plaqué sur son visage trop bronzé.

— Monsieur Welles ! Quelle joie de vous revoir, Cannes n'attendait que vous !

Il essaya de donner l'accolade à Orson qui recula en disant :

— Bonsoir, Félix, j'espère que vous avez une bonne table pour nous ?

— Mais certainement, monsieur Welles, certainement.

Il eut un geste impératif en direction d'un serveur qui demanda à un couple de changer de table. Ils obéirent en maugréant, mais on ne se fâchait pas avec Félix si l'on voulait revenir au Blue Bar.

La table était prête. Orson examina la carte et commanda les mêmes plats pour nous deux, sans me demander mon avis.

— Soupe de poisson, loup grillé, profiteroles. Ce soir nous serons raisonnables, n'est-ce pas, Jérôme ?

— Dommage, j'avais envie d'une douzaine d'escargots et d'un pot-au-feu, mais le roi Orson en a décidé autrement.

— Taisez-vous ou j'ajoute des poulpes à la provençale à la commande.

Je le regardai saluer d'un signe de tête ou d'un geste de la main des gens qu'il connaissait. Il était incroyable. Il venait de se faire tirer dessus et il était là, comme si rien ne s'était passé, avec pour seule préoccupation l'apparition de sa soupe de poisson.

Il avait vu mon regard, mi-incrédule, mi-admiratif. La soupe de poisson venait d'être servie.

— Quoi ?

— Rien, Orson. J'essaie de comprendre comment on peut s'empiffrer deux heures après avoir échappé à une balle dans la tête.

— Ha ! Avoir échappé à la mort donne faim, mon cher Jérôme. Je vous ai fait une politesse en évitant de disparaître. Sinon, vous vous voyez avec Orson Welles, touché mais encore vivant et qui sent que la fin approche ?

Il s'était incliné vers moi, le regard gourmand, et baissa la voix comme s'il allait lâcher un secret.

— Je vois la scène. C'est inspiré du début de *Citizen Kane* : vous me tenez la tête. J'ouvre les yeux une dernière fois. Vous vous penchez sur moi et je murmure… « bouillabaisse » !

Il rugit, tandis que des têtes se tournaient vers nous.

— Rosebud dans la version américaine, bouillabaisse pour la France, c'est plus commercial !

Je m'étais mis à rire moi aussi et regardais maintenant Orson entamer son loup grillé. J'allais finir par maigrir à force de ne pas manger lorsque je dînais avec lui. Je préférais sa conversation à ce que j'avais dans mon assiette. Son calme était revenu, aidé par une bouteille de chardonnay dont le niveau était proche de zéro.

— Bien, dit-il. Reprenons.

J'avais sorti mon carnet et mon crayon.

— Ce n'est pas la peine d'écrire ce que je vais vous dire, c'est sans intérêt. Je vous présente mes excuses, voilà.

Devant mon air étonné, il précisa :

— Tout ce que je vais vous dire maintenant, j'aurais dû vous le dire avant, à Paris. C'est vrai, je ne vous ai pas fait un tableau complet des ennuis qui pourraient sérieusement compromettre la sortie d'*Othello*, mais aussi mon séjour à Cannes, surtout si je dois avoir le prix d'interprétation pour *Le Troisième Homme*. L'incident de ce soir, que je trouve grave, ne vous fiez pas à ma fausse attitude détachée, m'a ouvert les yeux.

Les profiteroles au chocolat avaient disparu, remplacées par deux cognacs. L'un des deux me servirait de dîner.

Orson allumait un de ses monstres et ne me quittait pas des yeux entre deux bouffées.

— Je vous ai déjà dit beaucoup de choses à Paris, notamment à propos de mon ex-femme, Rita Hayworth. Mais, malgré l'attitude négative qu'elle a eue à mon égard lorsque vous l'avez rencontrée récemment, après réflexion, je ne la crois pas capable de m'en vouloir au point de payer quelqu'un pour me tuer. C'est vrai que, après *La Dame de Shanghai*, notre divorce s'est mal passé et que, lorsqu'elle a voulu revenir avec moi, je me suis enfui. Mais j'ai bien réfléchi, ça ne peut pas être Rita. Vous imaginez les titres des tabloïds en Amérique : « Rita Hayworth voulait faire assassiner son ex-mari, Orson Welles ! »

Il rugit de nouveau.

— C'est Louella Parsons qui serait contente ! Je vous ai déjà parlé de cette vipère qui me poursuit depuis *Citizen Kane*, dont l'histoire est inspirée de la vie du magnat de la presse William Randolph Hearst. Louella m'a attaqué pendant des années dans sa chronique du *Los Angeles Examiner*, qui appartient à Hearst, et puis elle a dû se fatiguer, car elle a arrêté. Mais elle a remis ça récemment. Des échos, des informations malveillantes, des ragots. Il est évident que, si elle peut faire échouer *Othello*, elle ne se gênera pas. Elle serait ravie de me voir compromis dans un scandale à Cannes.

Je l'écoutais. Son français, à l'accent américain, était parfait. À Paris, au cours de notre première rencontre, je m'en étais étonné. Ça s'était terminé par une réplique signée Welles : « On peut même dire que je le parle mieux que vous, mon cher Jérôme. Vous n'aviez qu'à avoir, comme moi, une gouvernante française quand vous étiez enfant ! » Son rire avait explosé dans la pièce.

— Maintenant, reprit Orson, j'en ai assez, j'ai décidé de riposter. Je vais d'abord vous dire comment Louella a obtenu son poste de chroniqueuse dans la presse Hearst. Dans les années 30, elle était invitée sur son yacht pour une croisière au cours de laquelle un jeune producteur, Thomas Ince, a été retrouvé mort dans sa cabine, une balle dans la tête. Officiellement, il s'était suicidé et l'affaire a été classée. L'histoire qui court depuis toujours à Hollywood, c'est que Hearst, ayant surpris Ince dans la cabine de sa maîtresse, Marion Davies, l'aurait tué et aurait donné 870 000 dollars à Louella Parsons pour le prix de son silence. Un jour, à Hollywood, un jeune admirateur de *Citizen Kane*, qui avait travaillé comme enquêteur pour la chronique de Louella, est venu me proposer des documents qui, m'a-t-il dit, pourraient m'intéresser.

J'étais au cinéma. Orson, en bon metteur en scène, faisait monter la tension. Un gros nuage de havane dans ma direction, puis :

— C'était la photocopie du chèque de Hearst à Louella et un double de sa lettre de remerciement, où elle avait l'habileté de rappeler à Hearst, comme si c'était un bon souvenir de vacances, « cette croisière si agréable, troublée par un malheureux accident qui n'avait pas réussi à la gâcher ». Le jeune type ne voulait pas d'argent, et il détestait Louella Parsons. Il m'a donné des documents. Pour être plus direct, *dear boy*, ils sont dans le coffre de l'hôtel et j'ai décidé de m'en servir. J'ai appris que Louella était ici, à l'hôtel du Cap, prête à cracher son venin.

— Qu'est-ce que je fais, Orson ? Je l'enlève, je la

coupe en morceaux… ? Dites ce que vous voulez. Je la viole ?

Nouveau rugissement.

— Vous rêvez ! C'est une vieille chose maintenant, elle a toujours été moche, mais ce n'est pas important. Ce qui l'est, c'est son pouvoir de nuisance. Réfléchissez à ce qu'on peut faire et on en parlera demain, dit-il en se levant.

Il faisait doux sur la Croisette. Orson marchait lentement en tirant sur son cigare. Il s'arrêta.

— On a essayé de me tuer, Jérôme. C'est beaucoup plus grave que ce qui s'est passé jusqu'à ce soir. J'ai réfléchi. Je pense à Errol Flynn. Ne sursautez pas, il me déteste. Errol Flynn est un salaud qui, pendant la guerre, avait des liens avec des groupes néo-nazis installés au Mexique, ce qui lui valait d'être surveillé par nos services de renseignement, l'OSS.

» J'ai loué le yacht de Flynn, le *Zaca*, pendant le tournage de *La Dame de Shanghai* au Mexique. Quand je suis arrivé là-bas, Flynn était sur son bateau avec ses invités dont un Allemand, un certain Hermann Erben, repéré comme espion par l'OSS. Ça m'a déplu tout de suite, mais j'avais besoin du yacht. Errol est parti avec ses amis et il m'a laissé l'équipage comme il était convenu. Là, très vite, j'ai dû jouer les shérifs quand j'ai découvert qu'il y avait un trafic de cocaïne à bord, dirigé par l'un des marins qui s'était fait engager comme cascadeur sur le film.

» Je l'ai fichu dehors. Il est parti en me menaçant de mort. Il y a eu des incidents divers pendant tout le tournage : on essayait visiblement de nous rendre la vie impossible. Rita a reçu dans sa chambre des appels anonymes, et moi, j'ai dû engager un garde du corps. Je ne serais pas étonné que ce type veuille régler ses comptes avec moi. C'est un suspect à ne pas négliger. Et puis, il y a une coïncidence : Errol Flynn est à Cannes avec le *Zaca*. Vous devriez chercher aussi de ce côté-là. Vous vous sentez bien, Jérôme ?

Non, je ne me sentais pas bien. Orson avait rempli mon verre toute la soirée dès qu'il était vide. Dans quel but ? Nous étions arrivés devant l'hôtel. Orson jeta son cigare. Je ne comprenais pas pourquoi j'avais la tête aussi lourde, c'était autre chose que l'alcool. Je titubais, espérant naïvement qu'il ne s'en apercevrait pas. Je lui dis que j'avais faim et que j'allais manger un sandwich au Petit Carlton, derrière le Palais de la Croisette.

— Attention, si vous rencontrez un homme en smoking avec un brassard à croix gammée, dit-il en sortant un nouveau barreau de chaise, changez de trottoir, ce sera Errol Flynn !

***

Mais je suis trop fatigué. Dans ma chambre, de retour au Carlton. Je n'ai pas la force de ressortir pour aller manger un sandwich. Je vais prendre mon lit en marche. Je me jette de l'eau sur le visage, je me regarde dans le miroir. J'ai un éclair de lucidité. Qu'est-ce que je fais ici ? Ma vie a changé avec l'arrivée d'Orson Welles à Paris. Je suis passé du Pigalle de l'Occup' aux Champs-Élysées en faisant un détour par Saint-Germain-des-Prés et me voici maintenant au Festival de Cannes. Pas trop mal pour un flic privé, devenu, au fil du temps, un « nettoyeur » recherché, un spécialiste des affaires délicates à régler discrètement. Rita Hayworth, Errol Flynn, Louella Parsons, David Warner, l'hôtel Lancaster, La Tour d'argent, le Train bleu, le Carlton sont devenus des noms familiers. Il y a les dîners avec Orson. Je suis chic, j'ai un smoking, mais je sais qu'il y a encore des coups tordus et des bagarres à l'horizon. Une autre routine, mais dans le luxe.

Est-ce que je veux vraiment de cette vie-là ? Est-ce que, même si mon admiration pour Orson est immense, je ne devrais pas couper les ponts avant qu'il ne soit trop tard ? Je suis sûr qu'il comprendrait : « *Dear boy*, je vous regretterai, mais faites ce que vous avez à faire, comme moi ! »

Ma vue se brouille. Je tombe sur mon lit mais je ne m'endors pas. À court de rêves, je garde les yeux ouverts dans le noir, tandis que la machine à remonter le temps se met en marche.

PARIS

I

— Qu'est-ce qu'on fout ce soir, Jérôme ? demanda Pierre Brasseur.

— Je ne sais pas, moi. On peut commencer par prendre un verre au Silène, ensuite on ira dîner au Fouquet's. Ça te va ?

— Banco ! Allez, va te changer, j'ai soif !

Je n'avais que quelques mètres à faire pour aller m'habiller. Ma chambre était au bout du couloir. Je n'habitais pas chez Pierre Brasseur, j'étais de passage. Parfois trois jours, parfois trois semaines, selon ses tournages et mes occupations.

Je l'avais connu à la Libération grâce à Arletty. Brasseur cherchait quelqu'un de confiance pour venir en aide à des amis juifs de retour d'Amérique. « Je compte sur vous, Jérôme, m'avait-elle dit, j'lui ai fait un drôle de turbin à votre sujet, détective privé, ancien de la Crim' et tout et tout. Ne le décevez pas. J'lui ai dit que votre spécialité, c'était de "neutraliser" ! » Elle avait raccroché en riant. Sacrée Arletty !

Nous avions sympathisé rapidement avec Pierre, qui avait eu affaire à mon père lorsqu'il était commissaire principal à la Mondaine avant la guerre – à l'époque, on disait les Mœurs. Cocaïne, saouleries, bagarres, la vie privée, surtout nocturne, de Pierre avait été plutôt agitée. J'avais pu, avec un peu de casse, récupérer une partie des biens – tableaux, meubles, tapisseries – que les amis de Pierre, le banquier André Kahnbrenner et sa femme Simone de retour à Paris, avaient dû abandonner au début de l'Occupation avant de s'exiler aux États-Unis.

***

Une réelle amitié était née entre Brasseur et moi. J'avais découragé quelques importuns qui essayaient de lui gâcher la vie. Il aimait sortir, comme moi. Il m'avait proposé d'habiter chez lui quand il aurait besoin de moi, ou quand j'en aurais envie. Nous passions de plus en plus de temps ensemble. La nuit surtout. Au moment de rentrer, lorsqu'il était « fatigué », je prenais souvent, malgré ses protestations, le volant de son Hotchkiss. Il m'interdisait de payer dans les restaurants et les boîtes de nuit, disant que « ce n'était pas un petit con d'ancien flic qui allait entretenir Pierre Brasseur ! ».

Je ne vivais pas trop mal grâce à la somme confortable que m'avait donnée André Kahnbrenner en récompense de mes services. J'habitais toujours mon studio de la rue Saint-Georges où j'avais passé l'Occupation, chouchouté par ma redoutable concierge, Mme Tarot, qui, sous des dehors de dragon, cachait un cœur d'or. Je lisais la presse. Arrestations de collabos, vengeances, règlements de comptes, c'était mon petit déjeuner quotidien. Je tiquais lorsque je tombais sur des noms familiers qui avaient été à l'affiche des cinémas pendant quatre ans et qui étaient maintenant les vedettes des comités d'épuration et des prétoires :

Sacha Guitry, Ginette Leclerc, Viviane Romance, Tino Rossi, Fernandel et… Arletty.

Plus tard, lorsque j'habitais chez Pierre rue de Buenos-Aires, au Champ-de-Mars, je fus amené à « recevoir » le matin, pendant qu'il dormait, toute une série d'emmerdeurs, des gens à qui il devait de l'argent, des huissiers, des cocus. Réveillé par le bruit, il m'appelait dans sa chambre pour me demander : « C'était qui ? »

Je lui servais l'une de ses répliques des *Enfants du Paradis* que je connaissais par cœur : « Maris jaloux, amants abandonnés, créanciers mécontents : un brouillard d'hommes ! » Il éclatait de rire.

Un jour que nous nous apprêtions à passer la soirée dehors, je l'attendais dans son salon devant un verre. Je portais mon meilleur costume – j'en avais trois –, le bleu marine, la cravate de chez Charvet que m'avait offerte Florence, mon amour envolé, et une chemise de chez Lanvin, cadeau d'anniversaire de Pierre. En entrant dans le salon, il s'arrêta net et me regarda de haut en bas.

— Ça alors ! dit-il en se servant un whisky bien tassé. Comment n'y ai-je pas pensé plus tôt ! Quel con je suis !

Il continuait de me détailler, examinant mes cheveux, mon visage, mes mains, mes vêtements. Je commençai à m'énerver.

— Ça va, arrête de me regarder comme une bête curieuse et dis-moi ce qui se passe.

— Ce qui se passe, Jérôme, c'est que tu vas faire du cinéma.

Je sursautai.

— Oui, acteur, comme moi, mais en moins célèbre, rigola-t-il.

Acteur… Soudain, je me revis en 1942 dans le bureau

du patron de la Carlingue, Henri Lafont. Après m'avoir menacé des pires sévices, il m'avait dit :

— Viens chez nous. Avec ta gueule, tes bonnes manières et quelques nouveaux costumes, t'auras tout le pognon que tu veux, des poules, des voitures, tu boufferas dans les meilleurs restaurants. Prends ton temps, réfléchis.

J'étais sorti en miettes de la rue Lauriston, trop heureux d'avoir profité d'un soudain changement d'humeur du patron de la Gestapo française et d'avoir évité d'être emmené « à la cave ». Mais Pierre n'était pas Lafont. Qu'est-ce que j'avais à perdre ? L'excitation montait, mais je tâchais de rester calme.

— Acteur, moi ? Comment tu vois ça ?

— Je vais téléphoner à quelques producteurs et metteurs en scène qui n'ont rien à me refuser. Tu commenceras par faire des essais. Tu vas voir, on va s'marrer !

— Mais…

— Y a pas de « mais ». Tu continueras à travailler pour moi et pour toi, entre deux tournages.

Excité par son idée, il marchait de long en large dans le salon en faisant de grands gestes, son fume-cigarette à la main.

— D'ailleurs, on va commencer tout de suite.

Il prit une revue de cinéma professionnelle sur une table basse, la feuilleta rapidement et s'arrêta net.

— Tiens, voilà ! Début du tournage de *Dédée d'Anvers*, mise en scène d'Yves Allégret avec Simone Signoret, Bernard Blier et… Dalio, mon pote Dalio, mon petit Marcel. On a débuté ensemble dans les années 30. Tu vas rigoler avec lui. Tu es vraiment bordé, c'est produit par Sacha Gordine qui n'a rien à me refuser. On va l'appeler maintenant.

— Mais, Pierre, il est 9 heures, tu ne vas pas le déranger chez lui, il doit être en train de dîner.

— Il dînera plus tard ! Ne jamais remettre au lendemain… Tu connais la suite.

Il prit le téléphone et composa un numéro qu'il connaissait par cœur.

— Allô, Sacha ? C'est Pierre à l'appareil. Oui, ça va, mon vieux, et toi ? Pardon de te déranger si tard, mais au bureau tu es toujours occupé. Je voudrais que tu reçoives mon grand pote et assistant personnel, Jérôme Dracéna. Pourquoi ? Quand tu le verras, tu comprendras. Il a ce qu'on appelle un physique de cinéma. Je sais, tu vois ça tous les jours, mais lui c'est différent.

Il me fit un clin d'œil. Je n'avais pas encore rencontré Sacha Gordine mais, déjà, je me sentais ridicule, mal à l'aise. Qu'est-ce que ça serait quand je me trouverais en face de lui. Pierre continuait :

— Je suis sûr que tu vas lui trouver quelque chose dans *Dédée d'Anvers* dont le tournage commence bientôt, n'est-ce pas ? Non, il n'a jamais tourné, mais c'est important pour lui et aussi pour moi. Allez, vieille crapule, je compte sur toi. Embrasse ta femme… Tu vois, dit Pierre en raccrochant, c'est pas plus difficile que ça !

***

J'avais déjà la passion du cinéma avant et pendant la guerre, mais après un premier film qui m'avait ébloui, *Robin des Bois*, avec mon héros Errol Flynn, j'avais traversé l'Occupation sevré de films américains, avec pour seule consolation les productions françaises autorisées par les Allemands. Je m'en étais tapé des navets !

En 1946, j'avais subi un double choc. Les films américains étaient de retour. Pierre m'avait emmené à une projection de *Citizen Kane* dont j'étais sorti ébloui, la tête ailleurs. Je n'avais jamais rien vu de semblable. Comme les films français me paraissaient petits à côté d'un tel chef-d'œuvre. La façon dont la vie de ce millionnaire monstrueux était filmée par un jeune metteur en scène américain de 26 ans, Orson Welles ! Je n'avais jamais entendu parler de lui et pour cause : ni *Ciné Mondial* ni *Vedettes*, les deux magazines de cinéma de l'Occupation, n'auraient osé parler d'un metteur en scène américain.

Je ne dormis pas de la nuit en sortant de la séance et je dormis encore moins, si cela était possible, lorsque je vis *Gilda*, avec Rita Hayworth, dans un cinéma des Champs-Élysées.

Rita Hayworth ! J'appris par *Cinémonde* que les aviateurs américains avaient baptisé « Gilda » la bombe atomique testée sur l'atoll de Bikini. Ce soir-là, Rita me suivit dans mon studio de la rue Saint-Georges et chanta pour moi, juste pour moi, « Put the blame on Mame », en faisant glisser son long gant noir le long de son bras. Toujours dans *Cinémonde*, j'appris qu'elle était mariée avec… Orson Welles, depuis 1943, et que des bruits persistants de divorce couraient à Hollywood.

Une surprise m'attendait lorsque je la revis dans *La Dame de Shanghai*. Rita était devenue blonde. Elle avait les cheveux courts. Un autre choc. Celui de découvrir un film vénéneux avec des images si fortes que l'on oubliait les complications de l'histoire. Le film était réalisé par Orson Welles, qui m'avait déjà renversé avec *Citizen Kane*. Orson Welles, le génie qui avait épousé la bombe atomique.

Et Pierre qui voulait que je fasse du cinéma ! Quel metteur en scène français approcherait, de près ou de loin, de tels chefs-d'œuvre ? Je passai la nuit à réfléchir et, à l'aube, ma réponse, dont je ne mesurais pas la prétention, était prête : ce serait non. Lorsque je débarquai chez Brasseur pour lui annoncer ma décision, je n'eus pas le temps d'ouvrir la bouche.

— Te voilà ! J'ai cherché à te joindre, mais ça ne répondait pas chez toi. Tu as rendez-vous avec Gordine demain à midi à son bureau des Champs-Élysées. Qu'est-ce que tu penses de ton pote Brasseur, il a pas le bras long ?

II

Le lendemain, à midi, une secrétaire que je pris pour Rita Hayworth – j'eus un choc tant la ressemblance était troublante – me fit entrer dans le bureau de Sacha Gordine. Il était au téléphone et me fit signe de m'asseoir. Aux murs, des affiches de films qu'il avait produits, dont j'avais seulement entendu parler, un handicap certain pour la conversation à venir : *L'Extravagante Mission*, une comédie avec Martine Carol et Jean Tissier, *L'Idiot* avec Edwige Feuillère. Une autre affiche me rassura, celle de *Jéricho*, un film sur la Résistance dont l'une des vedettes était… Pierre Brasseur. Je l'avais vu. C'était donc ça sa relation avec Sacha Gordine. Il avait raccroché et m'accueillit avec chaleur.

— Bon. Vous n'avez jamais fait de cinéma, mais vous n'êtes pas le monstre hideux que Pierre m'avait décrit – ses yeux riaient – et je n'ai rien à lui refuser, c'est un ami très cher.

Il sortit un scénario d'un tiroir et le poussa devant moi.

— Je vais commencer le tournage de *Dédée d'Anvers* dans trois semaines avec Simone Signoret, Bernard Blier et Marcel Dalio. C'est Yves Allégret qui fera la mise en scène. Tous les premiers, seconds et troisièmes rôles ont déjà été distribués, mais je vous ai trouvé quelque chose qui vous permettra de faire vos débuts sans avoir besoin de faire des essais, de toute manière nous n'avons plus le temps. Lisez le scénario rapidement et donnez-moi votre réponse après-demain. En deux mots, je vous résume l'histoire. Signoret est entraîneuse dans un bar à Anvers, dont le patron est Bernard Blier. Elle est maquée par le portier, joué par Dalio. Elle tombe amoureuse d'un beau marin, Marcel Pagliero, ça tourne mal. Vous avez une scène dans le bar où vous jouez un ivrogne qui essaye de séduire Signoret. C'est court, c'est plutôt facile, n'ayez pas peur, on vous fera répéter. Dernier détail : on tourne à Anvers, en Belgique. Pour votre cachet, on a le temps d'y penser, hein ?

Il se leva et me tendit la main.

— Voilà. Ravi de vous avoir rencontré, monsieur Dracéna. Pierre va bien ? Toujours noctambule ? Faites-lui mes amitiés.

J'eus à peine le temps de le remercier qu'il me laissait devant la porte de son bureau. Rita Hayworth me regardait en souriant. Peut-être accepterait-elle de me faire faire des essais en privé ?

***

J'annonçai la bonne nouvelle à Brasseur qui explosa de joie. Je lui résumai en quelques mots la scène que j'aurais à jouer.

— Tu vois ! Je t'avais dit que ce serait du gâteau. T'as le trac ? T'inquiète. Je te montrerai quelques trucs, comment placer ta voix, te déplacer. N'oublie pas que tu seras en face de Simone Signoret, on t'a pas fait cadeau de la plus facile. C'est une copine, je lui donnerai un coup de fil avant ton départ, tout se passera bien. Et, pour ce soir, je t'annonce la surprise du chef : nous dînons avec Dalio, ton futur partenaire !

Ce n'était pas de l'amitié qu'il y avait entre Pierre Brasseur et Dalio, mais de l'amour. Ils s'adoraient. Pierre était intarissable lorsqu'il parlait du compagnon de ses débuts. Ils avaient habité ensemble dans les années 30, fait les quatre cents coups avec ce que cela impliquait de nuits à Pigalle, de champagne, de drogues et d'« oseilles », comme ils surnommaient les petites danseuses et comédiennes qui tombaient dans leurs filets. Pendant que nous prenions un verre avant le dîner, Pierre me confia ce que je devais savoir sur son ami avant de le rencontrer.

Marcel Dalio, dont le vrai nom était Israël Moshe Blauschild, avait été obligé de quitter Paris à l'arrivée des Allemands. Après quatre ans passés à Hollywood où on lui avait fait jouer des caricatures de Français – maître d'hôtel, antiquaire, couturier… –, il était rentré en France à la Libération. J'avais vu tous ses films, *La Maison du Maltais*, *La Grande Illusion*, *La Règle du jeu* et *Tempête*, où il avait son amie Arletty comme partenaire. J'adorais Dalio sans le connaître.

On sonna. Pierre alla ouvrir. C'était Dalio. J'entendis des exclamations, des rires. Deux frères contents de se voir. Dalio entra en gesticulant et tout de suite m'ouvrit ses bras.

— C'est toi mon nouveau partenaire de *Dédée d'Anvers* ? Dis donc, tu vas pas me voler la vedette, hein ?

Il en remettait, volubile, s'agitant dans tous les sens, comme à l'écran. L'Amérique ne l'avait presque pas changé. Le cheveu noir, teint, était calamistré, l'œil bistre et maquillé. Je sentis que j'allais avoir droit à un numéro bien rodé entre deux acteurs qui ne faisaient pas dans la sobriété. Dalio se lança dans le récit de leur passé commun, à Montmartre et à Pigalle. On ne pouvait plus l'arrêter.

Pierre, attendri, laissait parler son vieux copain qui le faisait encore rire avec des histoires racontées mille fois.

La nuit était tombée. La bouteille de whisky était vide. Marcel et Pierre continuaient de parler, moi j'étais un peu ailleurs, comme à la sortie d'un cinéma après un film qui vous a enchanté et que vous ne reverrez jamais.

Nous sommes allés dîner. En sortant du restaurant, au moment de nous séparer, Dalio m'a dit en me tapotant la joue :

— Ne t'inquiète pas pour Anvers, Marcel sera là !

III

Ce soir-là, je rentrai à pied rue Saint-Georges en me repassant le film de la soirée. Ma fidèle Juvaquatre, qui avait traversé l'Occupation avec moi, dormait le long d'un trottoir.

Le lendemain matin, Mme Tarot m'apporta une grande enveloppe dont le coin droit était recouvert de timbres multicolores, avec un cachet qui me fit tout de suite rêver, « City of Los Angeles, California ». Je reconnus la grande écriture relâchée de l'adresse : Florence. Florence de Sénanville, qui était devenue Florence Préville pour ne pas « salir » le nom de la famille lorsqu'elle avait annoncé à ses parents qu'elle ferait du cinéma. Le père de Florence, le comte Jean de Sénanville, avait été en poste à Vichy dans le gouvernement Pétain et le cher homme avait préféré se faire oublier à la Libération. Il avait supplié et convaincu sa fille de suivre ses parents en Suisse, à Genève, où ils possédaient une maison. Florence m'aimait, mais n'avait pas su, pas pu refuser. Elle craignait aussi ce qui pourrait lui arriver pour avoir tourné à Paris pendant l'Occupation.

Nous avions été très amoureux l'un de l'autre, mais j'avais réussi – du moins, le croyais-je – à l'oublier.

Elle aussi peut-être, puisque je n'avais jamais eu de vraies nouvelles, sauf par notre ami commun, le photographe Tony Locascio, qui était toujours au courant de tout.

Un jour, il m'avait dit :

— Tu sais que Florence est à Hollywood ? J'ai photographié un acteur américain qui la connaît et il m'a dit qu'elle avait épousé un producteur. Pardonne ma brutalité, Jérôme, mais il vaut mieux que tu l'apprennes par moi que par *Cinémonde*, non ?

Il avait raison, mais j'accusai le coup.

Dans l'enveloppe, je trouvai une lettre et un magazine américain, *Motion Picture*, dont une page était cornée. Quand je l'ouvris, j'eus l'impression qu'un grand film en Technicolor commençait devant moi. Au-dessus du titre « David Warner weds French beauty », Florence avait traduit au crayon rouge : « David Warner épouse une beauté française », avec ce commentaire : « C'est moi ! »

En dessous, des photos de toutes les grandes vedettes hollywoodiennes qui me faisaient rêver depuis que les films américains étaient revenus en France : Errol Flynn, Gary Cooper, Ava Gardner, Clark Gable, Veronica Lake, Lana Turner. Tous en smoking et robe du soir, tous avec des sourires étincelants. Il y avait surtout une photo de Florence, superbe – une vraie « beauté française » –, dansant un slow avec son mari, David, dans un décor de palmiers dorés.

Estomaqué, je ne pouvais m'arrêter de regarder ces photos magiques encore et encore, jusqu'à ce que je me souvienne qu'il y avait aussi une lettre dans la grande enveloppe. Elle était à mon nom et sur papier rose. Elle commençait aussi par « Mon chéri » – décidément, je ne comprendrais jamais rien à Florence, donc aux femmes :

« Je sais, je sais, j'aurais dû te donner de mes nouvelles plus tôt mais pendant longtemps après mon départ de France, j'ai vécu dans le trouble, le remords, l'incertitude. J'ai pensé beaucoup à toi et j'avais décidé de t'oublier. À quoi bon souffrir à 9 000 kilomètres de distance ? Je crois y être parvenue. Et toi ? Nous sommes restés un an en Suisse. Mon père et ma mère ont sombré dans la tristesse. Mais moi – tu connais mon énergie et mon goût de la fête – j'avais décidé de ne pas subir l'atmosphère de plomb qui empoisonnait la maison. Un soir, au cours d'un dîner à Genève, j'ai fait la connaissance d'un producteur californien de passage pour affaires qui est tombé amoureux de moi. Non, il n'est pas gros et laid comme tu aimerais l'imaginer, il est plutôt beau, très américain. Il s'appelle David Warner. Son oncle, Jack Warner, est l'un des producteurs les plus puissants de Hollywood. Fleurs, bijoux, fourrures, pendant son séjour, il ne savait pas quoi faire pour me séduire. Il a voulu à tout prix voir les quelques films que j'avais tournés en France. Ce ne sont pas des chefs-d'œuvre mais je n'ai pas honte de *Tourbillon de Paris* et *Montmartre-sur-Seine*. Il a réussi à faire venir des copies de Paris. Il m'a trouvée formidable et il m'a dit : “Je ferai de vous une star mais pas en France, en Amérique.” Quelle femme aurait résisté ? Pas moi. Quel était mon futur à Genève ? Femme de banquier ? Et à Paris où l'on m'aurait fermé les portes au nez ? J'ai quitté Genève malgré le chagrin de mes parents et je suis partie à Hollywood avec David. J'ai découvert la ville des stars, sa maison, qui a appartenu à Gloria Swanson, et ses amis. David m'a fait faire des essais et je me perfectionne en anglais. Il veut me lancer comme la "French femme fatale" ! Tu trouves que je suis fatale, Jérôme ?

» Me pardonneras-tu ? Nous nous sommes mariés il y a quinze jours et nous avons donné une grande soirée au Mocambo, l'un des endroits les plus chics de Hollywood, où, comme tu peux le voir, de grandes stars amies de David sont venues. Une vraie distribution de film ! J'aurais dû t'en faire part plus tôt mais je n'en ai pas eu le courage. Tu sais les sentiments que j'ai pour toi, mais tu dois comprendre que ma vie, désormais, est en Amérique.

» Je suis heureuse ici, mais la France me manque. Nous viendrons à Paris au printemps. J'accompagnerai David qui doit voir Orson Welles dont il coproduit le prochain film, *Othello*. Orson ne vit plus en Amérique depuis un moment, il passe sa vie entre Paris et Rome et n'importe quelle autre ville où on lui propose de faire l'acteur dans un film. Il a trop besoin d'argent pour *Othello* pour refuser.

» Toi qui es devenu un fou de cinéma, tu as sûrement vu son chef-d'œuvre, *Citizen Kane*, et, peut-être, son dernier film, *La Dame de Shanghai*, que tu devrais adorer. Tu seras séduit par Orson dès que vous aurez fait connaissance, car nous comptons bien vous mettre en rapport tous les deux. D'autre part – je ne devrais pas te le dire, j'ai juré le secret –, David m'a dit en souriant et sur un ton mystérieux : "J'aurai sûrement quelque chose d'intéressant à proposer à ton ami Jérôme." J'ignore si cela concerne tes anciennes activités dont je lui ai parlé, il faudra que tu attendes notre visite. Mais Warner Bros est riche, cela pourrait t'aider à renouveler ta garde-robe ou changer de voiture, mais pas abandonner ton studio de la rue Saint-Georges, je l'aime trop !

» Je te ferai savoir, dès qu'elle aura été décidée, la date de notre arrivée à Paris.

» Je me réjouis de te revoir, mon chéri, et je t'embrasse tendrement,

» Ta Florence

» P.-S. : Embrasse Mme Tarot. »

Je relus la lettre plusieurs fois. C'était incroyable : elle venait de se marier, elle se réjouissait de me revoir, elle m'appelait « mon chéri », elle m'embrassait tendrement et, entre deux dîners avec Gary Cooper et Clark Gable, elle pensait à ma concierge !

La lettre m'avait mis de bonne humeur, tout en m'intriguant : qu'aurait donc de si intéressant à me proposer David Warner ?

IV

Je regardais encore les photos de la soirée du mariage, lorsque le téléphone sonna. C'était Tony Locascio, mon vieux copain photographe avec qui j'avais traversé l'Occupation, et qui était parti s'installer en Californie après avoir travaillé pour le magazine *Ciné Mondial* pendant quatre ans. Il avait gardé son atelier à Montparnasse où il continuait de collectionner les starlettes. Il fut bref :

— Je suis de passage à Paris. On dîne ensemble ?

— On dîne ensemble. Huit heures au Silène.

Il était sûrement content de dîner avec moi, mais aussi de prendre un verre au Silène, le bar à la mode dans le milieu du cinéma où l'on pouvait voir Henri Vidal, Daniel Gélin, Frank Villard et, mieux encore, les « espoirs féminins » du moment, dont l'une d'entre elles finirait peut-être dans le lit du beau Tony.

Après le Silène, où Tony distribua plusieurs fois sa carte de photographe hollywoodien, je l'emmenai au Roi des Halles où il commanda une salade de harengs et un pot-au-feu.

— En Californie, j'en rêve tout le temps, dit-il, joyeux, en refermant la carte.

Il était parti tenter sa chance à Hollywood après

la Libération, où il avait été engagé comme assistant d'un photographe de mode. Tony aurait séduit une chaise. Aussi, je ne fus pas surpris d'apprendre qu'il avait réussi à s'introduire dans le milieu des studios de cinéma, et qu'il était maintenant très demandé sur les tournages où il savait photographier les stars, c'est-à-dire ne jamais les vieillir.

— La semaine dernière, je suis allé photographier Lana Turner chez elle, à Beverly Hills, et…

Il s'arrêta net.

— Florence s'est mariée, dit-il.

Il avait l'expression de regret douloureux de celui qui n'a pas pu s'empêcher de faire de la peine à un ami.

— Je sais, tu me l'avais dit la dernière fois que nous nous sommes vus. Elle m'a envoyé le magazine où sont parues les photos du mariage.

— Tu les as trouvées comment ? C'est moi qui les ai prises !

Il était marrant, Tony. Toujours aussi démerdard, mais là, je devinais comment cela s'était passé. C'était sûrement grâce à Florence. N'était-ce pas lui qui me l'avait présentée en 1942, au moment où elle débutait au cinéma ?

— Tu ne m'en veux pas, Jérôme ? Tu sais, elle me parle souvent de toi, mais jamais devant son mari.

— Pourquoi t'en voudrais-je ? Tu es un vieil ami de Florence qui t'aime beaucoup, il est normal qu'elle t'ait aidé à Hollywood.

— Je savais que tu comprendrais. Elle a dû te dire dans sa lettre qu'elle allait bientôt venir à Paris avec son mari, David Warner, et qu'elle veut que vous fassiez connaissance.

Je mis Tony au courant de la proposition mystérieuse que, d'après Florence, son mari devait me faire.

— Mais c'est formidable, Jérôme ! Quelle que soit sa proposition, cela veut dire que tu vas gagner du fric, beaucoup de fric, des dollars. Avant qu'ils arrivent, il faut que je te parle de Warner pour que tu saches exactement à qui tu vas avoir affaire.

— Vas-y.

— David est le neveu de Jack Warner, l'un des fondateurs, avec ses trois frères, de Warner Bros. C'est l'un des grands producteurs qui règnent sur Hollywood. David a un statut particulier, il est producteur indépendant pour Warner Bros, mais il ne fait rien sans consulter son « Oncle Jack », qu'on surnomme aussi « le Colonel ». « Oncle Jack » n'est pas facile, crois-moi. Juste un exemple. Il a répondu récemment à un scénariste qui lui réclamait un contrat : « Les mots sont si vite oubliés que je n'aime pas donner à qui que ce soit l'impression d'avoir fait une promesse. Vous n'êtes pas de mon avis ? » Et ça, c'est quand il est bien élevé, sinon il peut te traiter de fils de pute comme un rien.

— Il a l'air charmant, « Uncle Jack » !

— Heureusement, dit Tony, David est très différent de son oncle. Il est dur en affaires, mais correct et bien élevé, c'est rare à Hollywood. Il est fou de Florence à qui il fait prendre des cours de danse, de chant, d'escrime, d'équitation, ce que font tous les producteurs lorsqu'ils veulent lancer une inconnue.

— Et Florence ?

— Florence joue le jeu. Elle fait ce que David lui demande, mais tu la connais, elle est très lucide, ce qui ne veut pas dire qu'elle ne se voie pas en haut de l'affiche. En tout cas, elle a conquis Hollywood par sa beauté et surtout son charme français, ils adorent ça là-bas. Les soirées que donnent les Warner sont les plus courues de la ville.

On avait fini de dîner. J'étais content d'avoir été « préparé » à l'arrivée prochaine de M. et Mme Warner, surtout de M. Warner. Pour Mme Warner, je n'avais pas besoin de préparation.

En sortant du restaurant, Tony regarda autour de lui. Les rues étaient éclairées, les néons des bars et des restaurants scintillaient dans la nuit calme, des noctambules déambulaient en riant et aucune pancarte en allemand ne défigurait le décor de ce Paris merveilleux où nous avions vécu des années noires.

On était tous les deux devant le bistrot, la cigarette à la main, et on pensait la même chose.

— Ça fait du bien, dit Tony, de pouvoir rentrer chez soi sans avoir à montrer son « Ausweis » !

V

Cela faisait déjà un certain temps que Pierre délaissait les boîtes des Champs-Élysées pour la rive gauche où, disait-il, « il avait des copains un peu plus marrants que les acteurs bidon qu'on rencontre à la Villa d'Este ou chez Maxim's ! Des gens qui n'existent pas ! ».

Moi, faussement naïf : « Les acteurs sont des gens comme les autres, en chair et en os. »

Il avait explosé.

— Des gens ! Rappelle-toi ce que je dis à Arletty dans *Les Enfants du Paradis* : « Les acteurs ne sont pas des gens ! C'est tout le monde et c'est personne à la fois, les acteurs ! »

— Ce n'est qu'une réplique de cinéma.

— D'accord, elle est pas de moi, elle est de Prévert, mais je suis d'accord avec lui. Les acteurs : néant ! Et toi qui vas faire tes débuts dans *Dédée d'Anvers* : attention à la grosse tête ! Souviens-toi : tu n'es personne !

La discussion, arrosée, s'était poursuivie tard dans la nuit.

On m'appela de chez Sacha Gordine dans la matinée. Mon billet de train pour Anvers était prêt.

Le tournage avait déjà commencé, le metteur en scène, Yves Allégret, et l'équipe du film étaient là-bas, ainsi que Simone Signoret, Bernard Blier et Dalio.

La peur m'envahit. J'allais affronter trois monstres qui devaient bouffer du débutant à longueur de journée. J'en voulais à Brasseur de m'avoir embarqué dans cette aventure, mais je ne pouvais plus reculer sous peine de me fâcher avec Pierre, Dalio et, forcément, Sacha Gordine.

Brasseur me téléphona pour m'inviter à dîner : « Tu as besoin de quelques conseils avant ton départ, me dit-il, comme éviter de répondre “Oui, madame Simone” lorsque Signoret t'adressera la parole… » Il ne pouvait plus s'arrêter de rire. Je lui dis de ne pas me prendre pour un abruti et je raccrochai après l'avoir comparé à Pierre Blanchar, un acteur qu'il trouvait ridicule.

— Alors, l'artiste ?

Ça commençait bien. Il m'attendait chez lui, dans le salon, à côté d'une bouteille de whisky à moitié vide.

— Bon, allez, assieds-toi et prends un verre. On va dîner chez les Russes.

Ce soir-là, au Nikita, on mangea du caviar, et on but de la vodka et du Bollinger rosé, entourés de musiciens russes. Au cours de la soirée, de la nuit plutôt, Pierre réussit à me donner quelques « tuyaux » pour mes débuts au cinéma.

— Simone Signoret : ne la ramène pas, aucune familiarité, la seule chose que, éventuellement, tu pourras lui dire, c'est : « J'ai le trac de tourner avec vous, madame Signoret, c'est la première fois. » Ça peut lui plaire. Blier, c'est simple, il sera un peu bourru au début, mais c'est un fou de bouffe, tu sais ce qu'il te reste à faire. Un déjeuner dans un bon restaurant et tu l'auras dans ta poche. Dalio, on n'en parle pas, ce sera ton père, ta mère et ton professeur en même temps. D'ailleurs, il m'a envoyé un télégramme d'Anvers aujourd'hui, que je vais te lire.

Il tira de sa poche un papier froissé qu'il déplia.

— « Tournage sans nuages. Tout le monde de bonne humeur. Pourvu que ça dure. Les filles du port attendent Jérôme. Regrette de ne pas être avec vous. Votre fidèle Marcel. » Hein ? Qu'est-ce que tu penses de ça ? Tu vas avoir un accueil digne de Pierre Brasseur. Qu'est-ce que tu veux de mieux ?

***

La fausse Rita Hayworth de chez Sacha Gordine avait commencé à m'obséder. Je l'appelai à son bureau sous un faux prétexte transparent.

— Bonjour, monsieur Dracéna. Vous vouliez parler à M. Gordine ? Je suis désolée, il sera absent toute la semaine. C'est important ?

— C'est très important. Je voudrais vous laisser une lettre que vous lui remettrez à son retour.

— Très bien. Voulez-vous passer demain vers 7 heures ?

J'entrai le lendemain dans son bureau et je la regardai. Sourire éblouissant, habillée en secrétaire qui est sûre d'être invitée. Elle avait vu juste. Je m'approchai et lui serrai la main alors que je n'avais qu'une envie, me jeter sur elle. Je me lançai :

— Je vous ai vue, je vous ai parlé au téléphone et je ne sais toujours pas comment vous vous appelez.

— Rita.

— Rita ! Vous…

— Ne dites rien. On m'a tellement dit que je ressemblais à Rita Hayworth que j'ai fini par changer de prénom. En réalité, je m'appelle Josiane, mais tous mes amis m'appellent Rita. Vous trouvez ça ridicule ?

— Moi, un admirateur de Rita Hayworth qui a vu tous ses films ! Heureusement que vous ne ressemblez pas à Édith Piaf, je devrais vous appeler Édith !

Elle rit à gorge déployée. Très déployée. C'était le moment.

— Il y a un mari, un fiancé qui vous attend et qui va m'empêcher de vous inviter à dîner ?

— Vous alors, vous êtes direct. Oui, j'ai un fiancé, mais cela peut s'arranger. Vous avez l'air sceptique ?

— Pas du tout. Je me demande simplement ce que vous allez lui dire.

Elle prit le téléphone et composa un numéro sur le cadran. Nous nous regardions comme deux acteurs qui connaissaient déjà la fin de la pièce.

— Allô, mon chéri ! Oui, ça va, mais je ne pourrai pas dîner avec toi, nous sommes en retard pour la préparation du film et Sacha m'a demandé de rester ce soir. Tu n'es pas fâché ?

Elle écouta pendant quelques secondes et dit en me regardant :

— Moi aussi.

Moi aussi : la réponse classique au cocu qui n'a pas pu s'empêcher de dire « Je t'aime » en raccrochant, avant de passer la soirée seul. Je connaissais, mais ce soir, j'étais dans l'autre camp.

— Bravo, dis-je. Vous m'avez étonné.

— Et ce n'est pas fini, dit-elle en se levant. Donnez-moi quelques minutes pour ranger mon bureau et je suis à vous, enfin presque, ajouta-t-elle avec un demi-sourire.

Ça démarrait vite. J'étais en seconde, je passerais en troisième puis en quatrième au cours de la soirée.

Rita coiffa d'une housse sa machine à écrire et enfila son manteau en disant : « Vous venez ? »

Elle éteignit la lumière, ferma la porte à clé et prit mon bras jusqu'à l'ascenseur.

— Où allons-nous ? dit-elle.

Je l'emmenai dîner aux Champs-Élysées, dans un restaurant à l'éclairage tamisé où j'avais mes habitudes de séducteur organisé, c'est-à-dire une table un peu à l'écart et la complicité du patron. Josiane avait un bon coup de fourchette et une descente raisonnable. Nous parlions un peu de tout, légèrement ailleurs, les yeux dans les yeux, nos mains se frôlant, puis se mêlant. En sortant du restaurant, je l'aidai à monter dans ma voiture, me mis au volant et pris la direction de la rue Saint-Georges.

— Où m'emmenez-vous ? demanda Rita en posant sa main sur mon genou.

Je ne répondis pas. Arrivés en bas de chez moi, je l'embrassai sans réaction de sa part puis elle m'embrassa violemment avant d'ouvrir la portière. Elle se pencha et me fit un grand sourire tandis qu'elle faisait signe à un taxi qui passait.

— Jamais le premier soir. Si vous avez envie de me revoir, vous connaissez mon numéro de téléphone.

Elle continuait de sourire en montant dans le taxi.

On ne me l'avait jamais faite, celle-là. C'était bien joué. Elle savait que je la rappellerais. Je ris tout seul en imaginant ma version à moi de la scène finale de notre prochaine soirée. Après le dîner, nous nous embrassions dans la voiture et je la déposais devant chez elle en disant : « Jamais la deuxième fois ! », mais c'était de la fiction, je savais déjà que je serais faible.

J'appelai Josiane le lendemain pour lui dire que

j'avais passé avec elle une merveilleuse soirée et je m'excusai : j'avais brûlé les étapes et je comprenais très bien sa réaction. J'espérais, ajoutai-je, la revoir très vite et j'en remis : notre rencontre avait été un moment privilégié qui ne méritait pas d'être gâché par une maladresse de ma part, etc.

Elle appréciait mon attitude, dit-elle, et serait heureuse de me revoir. Lorsque je raccrochai, je sentis de la surprise dans sa voix : il ne me propose pas un autre rendez-vous ?

VI

Anvers. Dalio m'attendait à la gare. J'avais ruminé pendant tout le voyage, un nœud à l'estomac, prêt à faire demi-tour, mais la bonne humeur communicative de Marcel, à base de grands gestes et de mimiques théâtrales, chassa mon angoisse.

— On va d'abord aller à l'hôtel, ensuite on ira dîner. J'ai obtenu que tu sois dans le même hôtel que moi. Je leur ai dit : « Vous comprenez, c'est un grand ami de Pierre Brasseur et aussi un ancien flic de la Crim'. » C'est surtout ton passé qui les a intéressés…

Le taxi s'arrêta devant un grand hôtel, dans le centre-ville. Pendant que je parlais avec le réceptionniste, Dalio était au téléphone. Il raccrocha.

— Ils tournent sur le port avec Signoret, Blier et Marcel Pagliero, qui joue le marin dont Simone est amoureuse dans le film. Va t'installer, tu verras tout le monde à leur retour.

***

J'étais au bar de l'hôtel avec Dalio, lorsque Simone Signoret et Bernard Blier firent leur entrée en rigolant.

Je sentis entre eux une complicité solide qui devait remonter longtemps en arrière.

— Alors, Marcel, dit Blier, la journée n'a pas été trop fatigante ? Nous, on tourne, et toi, tu bois !

Simone Signoret ajouta en me désignant :

— Et avec de beaux jeunes gens, avec ça !

Le trio éclata de rire, pendant que je souriais bêtement.

— Tu ne nous présentes pas ton ami ? dit Bernard Blier.

Marcel s'exécuta. Les yeux verts de Signoret reflétaient la méfiance. Ça commençait bien.

— Jérôme est un grand ami de Pierre Brasseur, dit Marcel.

Le visage de Signoret s'éclaira.

— C'est Pierre qui a pensé qu'il pourrait se lancer dans le cinéma, je devrais dire qui lui a ordonné, vous connaissez Pierre… Il a demandé à Sacha Gordine de lui donner un petit rôle dans *Dédée d'Anvers* pour ses débuts. Jérôme est mort de trac, Pierre compte sur nous pour ne pas le martyriser.

Simone Signoret souriait maintenant. Elle était belle.

— Ah, c'est vous qui avez une scène avec moi dans le bar. Vous n'avez vraiment jamais tourné ?

— Non.

— Mais qu'est-ce que vous faites dans la vie ?

— J'ai été flic à la Brigade criminelle, maintenant je suis détective privé.

Un froid s'installa. De courte durée.

— C'est épatant, tout ça ! dit Signoret, tandis que Blier bourrait sa pipe en souriant et que Dalio, soulagé, gesticulait. Allez, champagne pour votre arrivée !

Elle appela le barman et commanda une bouteille de

Roederer. Le passeport délivré par Brasseur commençait à fonctionner. Je me sentis soulagé.

— Vous avez vraiment été à la Crim', demanda Signoret, et vous êtes vraiment détective privé ?

— Parfaitement, intervint Marcel. Et même plus.

— C'est-à-dire ? dit Signoret, soudain sur ses gardes.

Je vis que Dalio regrettait ce qu'il venait de dire, mais j'étais complètement à l'aise maintenant.

— Eh bien, disons que je règle parfois des problèmes pour des gens que j'aime bien et qui ne savent pas comment s'y prendre.

Signoret et Blier avaient choisi de ne pas en savoir davantage mais leur imagination s'était mise en marche : « Il règle des problèmes pour des gens qu'il aime bien. Lesquels ? » Un jour, peut-être, je leur ferais le récit de l'affaire Arletty avec qui Signoret avait tourné, et qu'elle connaissait depuis qu'elle avait été figurante dans *Les Visiteurs du soir*.

Elle m'observait, une expression aimable sur le visage. J'avais commandé une deuxième bouteille de champagne.

— Tiens, dit-elle en me prenant le bras, on va gagner du temps et te donner ta première leçon de comédie. Puisqu'on est au bar qui est à peu près le même que celui où l'on tournera demain, on va répéter notre scène ici, hein, Jérôme ?

Elle me tutoyait, c'était plutôt bon signe. Je sentis la panique m'envahir, mais elle fit celle qui n'avait rien remarqué.

— Viens ici, à côté de moi. Voilà la scène : je suis entraîneuse dans un bar tenu par Blier, où Dalio, mon mac, est portier.

Les deux autres approuvaient en souriant.

— Je suis tombée amoureuse d'un beau marin, continuait Signoret, mais j'ai peur de Dalio. Un soir, je suis seule et triste au bar. Toi, tu es saoul et tu essayes de me consoler. Allez, mets-toi là, écroule-toi sur le bar et dis-moi des mots qui réconfortent. Improvise, dis n'importe quoi, tu répéteras les vraies répliques ce soir dans ta chambre avec le scénario. Ça y est ?

Mon trac, mystérieusement, avait disparu. Je me sentais aussi à l'aise qu'avant une bagarre dans un bar de Pigalle. Je m'assis sur un tabouret à côté de Signoret, m'accrochai au bar en laissant tomber ma tête et improvisai quelques banalités qui me vinrent à l'esprit :

— Ne soyez pas triste, mademoiselle… Vous êtes belle… Laissez-moi vous montrer que la vie est pleine d'espoir…

Les trois vedettes se marraient.

— Bon, pour le texte, c'est pas franchement ça, dit Simone Signoret, mais c'est pas toi le scénariste. Marcel te fera répéter ce soir – hein, Marcel ? –, et pour le reste, on verra demain sur place avec le metteur en scène, mais tu t'en es pas trop mal tiré pour un débutant. Tu dînes avec nous ?

On dîna au restaurant de l'hôtel. C'était une réunion de membres d'un même club dont je ne faisais pas partie, mais je réussis pendant le repas à marquer quelques points. Signoret découvrit avec plaisir que je l'avais vue dans *Les Démons de l'aube* et dans *Fantômas*. Blier, je l'avais admiré dans *Quai des Orfèvres*, où il donnait la réplique à Louis Jouvet, « mon maître », dit-il lorsque je citai son nom. Dalio était déchaîné. Il me lançait sur des sujets que je connaissais et, habilement, me fit raconter deux ou trois épisodes de ma vie à la Crim'. Pour le reste, je me fermai comme une huître, ce qui excita en vain la curiosité du trio.

Bernard Blier bourrait sa pipe pour la millième fois. Simone Signoret bâilla et Dalio dit :

— C'est bien beau tout ça, mais il faut que je fasse un peu travailler ce jeune espoir du cinéma français.

Tout le monde se leva. Signoret m'embrassa, Blier me serra la main en disant « Bonsoir, Jérôme, à demain » et je restai à table avec Dalio.

— Dis donc, tu l'as mise dans ta poche, la Simone, dit Marcel, admiratif. Moi qui la connais, je peux te dire qu'elle t'a à la bonne. Bravo, tu n'as pas fait de gaffe.

— Tu crois que je ne sais pas qui est Simone Signoret ? Elle s'appelle Simone Kaminker, elle est à moitié juive, mais grâce à sa copine de classe Corinne Luchaire, dont le père a été le grand patron de la presse collaborationniste, elle a pu rester à Paris sous l'Occupation et travailler sous le nom de sa mère, Signoret. Ça te va ?

Dalio était bouche bée.

— Comment tu sais tout ça ?

— J'ai passé toute l'Occup' à Paris, Marcel. Tu oublies que je suis un ancien flic et un ami d'Arletty. Bon, on travaille ?

Dalio, remis de sa surprise, me tendit le scénario, ouvert à la page de ma scène. C'était court, très court. Tant mieux.

— Tu n'as même pas à marcher. Tu es assis, écroulé sur le bar, à côté de Simone, et la caméra sera sur vous pendant votre dialogue. Tiens, lis ça à voix haute.

Ce que j'avais à lire était aussi banal que ce que j'avais improvisé au bar de l'hôtel. C'était ça, le cinéma ? Pourtant, Marcel me fit répéter jusqu'à 1 heure du matin. Je tombais de sommeil.

— On arrête là, décida Marcel. Tu deviens mauvais. Mais j'ai compris dès le début que tu pourrais le faire.

— Bien sûr, qu'est-ce que tu croyais !

Je mentais.

Je m'endormis à 3 heures du matin et me levai à 6 heures. La journée qui s'ensuivit reste, à ce jour, floue dans mon esprit. On me transporta en voiture avec Dalio jusqu'à un bar sur le port, la costumière du film m'affubla d'un pantalon et d'une chemise informes, on me maquilla, on me décoiffa et on me demanda de m'asseoir au bar sur un tabouret à côté d'une femme qui ressemblait à Simone Signoret, mais ce n'était que sa doublure. On répéta. Miraculeusement, je me souvins de mon texte. Puis la vraie Simone Signoret apparut auprès de moi. Elle était habillée en pute, elle me souriait, mais quand l'assistant du metteur en scène cria « Moteur ! », elle devint triste. Je m'entendis parler, puis on recommença et on recommença encore. Soudain, Simone fut souriante de nouveau. C'était fini.

Dalio nous regardait.

— Il est pas mal, le môme, dit Signoret, il s'est bien débrouillé. Tu diras à Brasseur de se méfier !

Plus tard, à l'hôtel, l'assistant d'Yves Allégret m'informa qu'on tournerait de nouveau ma scène le lendemain, mais sous un autre angle. Je restai calme : n'étais-je pas devenu, depuis tout à l'heure, le nouveau jeune premier du cinéma français dont on allait parler ? Quelle plaisanterie ! En un après-midi, j'avais appris qu'un tournage n'était intéressant que pour le metteur en scène et le chef opérateur. Le reste – réglages, lumières, répétitions, attentes interminables – puait l'ennui, même si l'on était une des vedettes du film. Ce qui changeait tout, c'était le cachet et d'être reconnu dans la rue.

On n'eut plus besoin de moi. J'étais content de rentrer, je n'avais pas besoin d'eux non plus.

— À bientôt, le môme, et bravo, me dit Simone Signoret lorsque, valise à la main, je vins lui dire au revoir. Embrasse Pierre.

Je pris le train de nuit. Quand j'arrivai rue de Buenos-Aires, Brasseur était en train de prendre son petit déjeuner.

— Tiens, voilà Gary Cooper, dit-il.

***

— Comment ça s'est passé avec Signoret ? demanda Pierre sans me laisser le temps d'aller poser ma valise dans ma chambre.

— Plutôt bien, je crois. Au début elle était méfiante, ensuite elle a été amicale, grâce à Dalio, et surtout quand elle a su que tu étais derrière tout ça.

— Bravo. Et le tournage ?

— Elle a été formidable, elle m'avait fait répéter la veille. Dalio aussi. J'ai sûrement été mauvais, mais je ne m'en suis pas rendu compte.

— Dommage que les mauvais acteurs ne s'en rendent jamais compte non plus. Je te charrie, je suis sûr que tu as été très bien. Tu as eu le trac ?

— Oui et non. Après le tournage, j'ai eu l'impression que je pourrais jouer n'importe quoi, n'importe qui.

— Voyez-vous ça ! Monsieur se prend pour Pierre Brasseur ! Tu vois que j'avais raison, tu es tout le monde et tu es personne ! Tu as tout pour réussir !

Il s'était levé et m'agitait son fume-cigarette sous

le nez, une main dans la poche de sa robe de chambre en soie. Il était très bon dans ce rôle-là : l'acteur qui a l'air de s'autodénigrer, mais qui mourrait s'il ne montait pas sur scène. J'aimais bien son numéro, que lui seul pouvait se permettre. Il était au sommet et j'étais tout en bas, avec un avantage sur lui : je m'en foutais de faire l'acteur.

***

— Bonjour, Jérôme.

Josiane affichait le même sourire que la première fois, en plus ironique. Elle me regardait, attendant que je prenne l'initiative d'une entrée en matière originale à l'occasion de notre second dîner. Elle allait être déçue.

— Bonjour, Josiane, comment allez-vous ?

Sa ressemblance avec Rita Hayworth me semblait, ce soir, encore plus stupéfiante. Elle portait une robe noire moulante comme son idole dans *Gilda* – il ne manquait que les gants noirs – et ses longs cheveux ondulés tombaient sur ses épaules. Elle se leva – je vis les jambes de Rita dans *La Reine de Broadway* – pour aller à un classeur et revint sur ses pas en ondulant. Et si Josiane était la vraie Rita Hayworth ?

Elle avait fini de ranger son bureau. Nous nous regardions. Elle m'attendait au tournant, alors je décidai de faire simple.

— J'ai réservé dans le même restaurant que la dernière fois. Ça vous va ?

***

Lorsque je me réveillai, Josiane était partie. Elle m'avait laissé un mot :

« Bien joué. Il faut dire que tu n'as pas rencontré beaucoup de résistance, je ne vais pas me plaindre. Pour employer un vilain mot, tu me dois une "revanche".

» Penserai-je à toi en attendant ? Essaie de deviner. À toi, Josiane, ou Rita, si tu préfères. »

J'étais tombé sur quelqu'un dans mon genre : pas de reproches, pas d'engagement, le plaisir d'abord. Liberté, égalité, sexualité, les sentiments étaient en supplément. La soirée avait été parfaite. Dîner intime, regards appuyés, conversation à double sens, comprenne qui pourra. Elle avait compris. Tout s'était joué dans ma voiture en sortant du restaurant. Ce soir-là, pas d'étreintes ni de baisers, juste : « Je vais vous raccompagner. Où habitez-vous ? » Elle m'avait regardé avec un sourire carnassier : « Rue Saint-Georges, et vous ? »

Dans un lit, Josiane était une sorte de tornade, comparable, en plus agréable, à une demi-douzaine de rounds avec Marcel Cerdan. Je m'étais endormi lourdement vers 5 heures du matin, Josiane dans mes bras.

La prochaine fois, car il y en aurait une, je la mettrais à l'épreuve. Elle se prenait pour Rita Hayworth ? Je lui demanderais de se faire couper les cheveux et de se teindre en blonde comme notre idole commune dans *La Dame de Shanghai*.

INTRODUCING…
ORSON WELLES !

I

J'attendais avec impatience des nouvelles de Florence. Le télégramme arriva le lendemain d'une nuit difficile. Je m'étais battu aux Naturistes, une boîte de Pigalle où m'avait entraîné Brasseur qui voulait voir la « Revue nue ». Vers 4 heures du matin, Pierre avait dit, en me montrant un gros type assis à côté de lui : « Celui-là, quand il joue au tennis, il n'a pas besoin de partenaire en double. » Un copain de l'obèse s'était levé. Comme d'habitude avec Pierre, j'avais dû régler l'affaire discrètement. J'étais sorti avec le type et, pour autant que je me souvienne, j'avais dû lui casser quelque chose, car il avait hurlé avant de disparaître en boitant.

Je me sentais vaseux, mais la lecture du télégramme me donna un coup de fouet.

« Cher Jérôme – stop – serons à Paris le jeudi 22 mai et descendrons à l'hôtel Lancaster – stop – Peux-tu réserver pour cinq personnes le lendemain soir à La Tour d'argent – stop – Orson Welles se joindra à nous – stop – Merci – stop – Avec nos amitiés – stop – Florence. »

Enfin, des nouvelles et des bonnes : pour commencer, un dîner à La Tour d'argent. Je me demandais si c'était une idée de Florence. C'est là que nous avions dîné pour la dernière fois ensemble au printemps 1944, avant qu'elle ne quitte Paris pour la Suisse.

Je relus le télégramme. Réserver pour cinq personnes. Le compte n'y était pas : Florence et son mari, Orson Welles et moi, cela faisait quatre. Qui était la cinquième personne ? Pas Rita Hayworth en tout cas, puisque j'avais lu dans *Cinémonde* qu'Orson Welles et elle étaient maintenant divorcés.

Je pensais à ma future rencontre avec Orson Welles. Qu'est-ce que je lui dirais ? Que j'admirais *Citizen Kane* et *La Dame de Shanghai* ? Comme c'était original ! J'avais quinze jours devant moi pour me faire un bagage de vrai cinéphile, moi qui, à part *Robin des Bois*, vu avant la guerre, et *Aventures en Birmanie*, avec Errol Flynn aussi, ne connaissais que les films français de l'Occupation.

Je commençai par revoir *La Dame de Shanghai*. Un autre jour, je restai aux deux séances de *Citizen Kane*. Les films américains se donnaient surtout dans des cinémas spécialisés, l'Ermitage, le Marbeuf, le Napoléon. J'y allais l'après-midi et j'en sortais des images plein la tête, aveuglé par la lumière du jour. Je découvrais dans les films policiers des personnages auxquels j'aimais m'identifier.

À la veille de l'arrivée des Warner, j'avais vu assez de films pour passer un examen. Florence m'appela le lendemain après-midi.

— Tu vois, mon chéri, nous sommes arrivés ce matin et mon premier coup de téléphone est pour toi. Je suis morte de fatigue, seize heures dans un Constellation, c'est épuisant, même en première classe.

Elle voulait vérifier que j'avais bien réservé à La

Tour d'argent, mais aussi me rassurer sur le dîner à venir.

— David se débrouille très bien en français et Orson bien mieux encore, il a eu une gouvernante française. De toute manière, je serai là en cas de difficulté, car je parle anglais maintenant. David me fait donner des cours, tu ne trouves pas ça merveilleux ?

Bien sûr que je trouvais cela merveilleux. Je lui demandai qui était l'inconnu qui devait faire partie du dîner.

— Guido Orlando. C'est un agent de relations publiques qui travaille souvent pour David. Il est italo-américain, il parle cinq langues et il ressemble à un gangster. Il va te plaire, j'en suis sûre !

***

Vendredi soir. Je sortis de ma penderie mon costume bleu marine, une chemise blanche et ma cravate Charvet. J'avais une boule dans l'estomac.

J'arrivai en avance à La Tour d'argent. Accompagné par un groom, je pris le petit ascenseur qui ressemblait à une chaise à porteur et me retrouvai au sixième étage dans la plus belle salle de restaurant du monde. Un maître d'hôtel hautain me demanda si j'avais réservé.

— Oui, pour cinq personnes. Au nom de M. Warner.

Le visage du loufiat changea.

— Mais bien sûr, monsieur. Je vais vous conduire à votre table. Vous êtes le premier.

C'était une belle table, près d'une grande baie vitrée d'où la vue s'étendait sur les toits de Paris et Notre-Dame. Le soir tombait. C'était beau, surtout quand on sortait d'un studio rue Saint-Georges.

J'étais perdu dans mes pensées lorsqu'on me tapota l'épaule. Je me retournai. C'était Florence, son mari et un petit bonhomme chauve qui n'avait pas l'air d'un gangster mais d'un cuisinier italien, et qui devait être Guido Orlando.

Je me levai. Florence m'embrassa tendrement et me présenta, en français, à son mari.

— David, voici Jérôme Dracéna, dont je t'ai souvent parlé. Il est au courant de tout ce qui se passe à Paris, ajouta-t-elle.

David souriait. J'avais l'impression de l'avoir déjà rencontré, mais je réalisai que je le confondais avec des acteurs américains des films que j'avais vus ces quinze derniers jours : bronzé, mâchoire carrée, dents éblouissantes, cheveux brillantinés avec raie sur le côté, poignée de main sportive. Il y avait aussi le costume gris, la chemise blanche à col boutonné, la cravate mince retenue par une pince et la touche finale, le pantalon étroit et un peu trop court. Il était plutôt beau mec, le mari de Florence, elle ne s'était pas trompée, surtout s'il était riche. Je lui fis compliment de sa robe.

— Je l'avais commandée chez Jacques Fath où ils ont mes mensurations, après l'avoir vue en photo dans *Vogue*. Eh bien, tu ne me croiras pas, lorsque je suis allée chez Fath hier, il n'y avait aucune retouche à faire, je suis partie avec.

David souriait doucement.

— Votre haute couture est vraiment la meilleure du monde, dit-il, avant de me présenter à Guido Orlando, dont la fine moustache de traître et les sourcils teints me fascinaient depuis son arrivée.

Guido ne devait pas mesurer plus de 1,60 mètre.

— Très heureux de faire votre connaissance, dit-il

avec un accent italien prononcé en me serrant la main mollement.

Un petit signal « méfiance » s'alluma dans ma tête pour s'éteindre aussitôt.

Nous étions toujours debout.

— Asseyons-nous, dit David. Orson m'a prévenu qu'il serait légèrement en retard. Nous allons boire un peu de champagne en l'attendant.

Il fit un signe au maître d'hôtel et lui commanda une bouteille de Ruinart.

— Savez-vous, Jérôme, que c'est le plus ancien champagne français ?

Il me montrait qu'il n'était pas le plouc américain qui boit du Coca-Cola avec des escargots. J'avais compris.

***

Au moment où je m'asseyais le dos à la fenêtre, je vis Orson Welles sortir de l'ascenseur et se diriger vers notre table, précédé par le maître d'hôtel.

— Ah, voilà Orson, dit David.

Il se leva pour l'accueillir. Florence resta assise, Orlando et moi debout, près de la table. Orson Welles serra la main de David, embrassa Florence et me fit face. Je reculai légèrement. Il était grand et imposant, mais c'est surtout son regard d'hypnotiseur qui me cloua sur place. J'avais devant moi les deux Orson Welles que j'avais découverts au cinéma, le Charles Foster Kane de *Citizen Kane* et le Michael O'Hara de *La Dame de Shanghai*.

J'entendis, dans le lointain, David dire :

— Orson, je te présente Jérôme Dracéna dont je t'ai parlé et qui va peut-être travailler avec nous.

Je levai la tête. Le regard d'Orson avait changé, il était rieur, bienveillant.

— Enchanté, Jérôme, dit-il en me serrant la main.

Sa main était ferme, sa voix forte, vibrante, avec un léger accent américain.

À table, je découvris que j'étais à la place d'honneur, à la droite d'Orson Welles.

— L'une des raisons pour lesquelles j'aime La Tour d'argent, dit Orson en vidant son deuxième verre de champagne, c'est qu'on n'y voit pas de gens de Hollywood. Lorsque j'étais là-bas, j'ai répandu le bruit qu'il y avait, dans la sauce de leur spécialité, le fameux canard, un ingrédient qui provoque l'impuissance sexuelle !

Tout le monde rit, sauf Orson : il rugit. Le dîner commençait bien.

La conversation roulait sur Hollywood, ses scandales – Orlando et Orson étaient intarissables –, les derniers films pas encore sortis en France. David me demanda quels films américains j'avais vus récemment et sembla approuver lorsque je lui en donnai les titres.

Nous avions tous commandé le fameux canard dont je n'avais pas un souvenir marquant, mais Orson Welles, qui avait déjà englouti des quenelles de brochet, dévorait le sien et me demanda brusquement si j'avais une question intéressante à lui poser. Cette fois, le regard était ironique.

— J'en ai une, dis-je. Elle sera banale pour vous, mais votre réponse sera intéressante pour moi.

— Dites.

— Que veut dire « Rosebud » dans *Citizen Kane* ?

Il éclata de rire, avant de rugir.

— *Dear* Jérôme… Rosebud signifie « bouton de rose », mais c'est aussi le nom que William Randolph

Hearst, le magnat de la presse dont je me suis inspiré pour Kane, donnait au clitoris de sa maîtresse, Marion Davies !

Il était secoué par le rire. Les autres aussi, qui connaissaient la réponse. Orson redevint sérieux.

— Vous vous souvenez qu'on entend le mot au tout début du film. Quand j'ai commencé à écrire le scénario avec Herman Mankiewicz, c'est le seul truc auquel nous avons pensé pour lancer l'histoire. Aujourd'hui, je trouve que cela fait un peu daté, vous ne trouvez pas ?

Je dis que non, je ne trouvais pas, mais je n'osai pas ajouter que *Citizen Kane* était pour moi le plus beau film que j'aie jamais vu, donc sans défaut.

— Vous avez d'autres questions, Jérôme ? demanda Orson qui s'était attaqué à une salade de truffes tout en continuant à rire. Pardonnez-moi. Cette histoire m'amusera toujours. Rosebud, quel nom pour un clitoris !

Cette fois, j'éclatai de rire en même temps que lui et le reste de la table. Le calme revenu, Orson me posa des questions sous l'œil attentif de David. Florence et Orlando écoutaient aussi. Ce que je pensais des films que j'avais vus, les siens d'abord, les autres ensuite, les comédies musicales, les policiers. Il ne faisait aucun commentaire et approuvait de la tête, tandis que le maître d'hôtel versait du château-latour dans son verre. J'attendais la suite.

— Florence m'a dit que vous étiez dans la police avant de devenir détective privé ?

— Oui, j'ai été inspecteur à la Brigade criminelle.

— « *Homicide* », comme on dit en Amérique. Vous devez avoir beaucoup de choses intéressantes à raconter. Nous verrons…, ajouta-t-il, évasif.

Et *Othello* ? Dans sa lettre, Florence m'avait dit que David en était le coproducteur, mais il n'avait jamais été question du film pendant tout le dîner, ni de près ni de loin. Curieux. Pourquoi avais-je l'impression d'avoir été convoqué pour un examen ?

Orson avait allumé un énorme cigare qu'il avait tiré d'un bel étui en cuir, après m'en avoir proposé un. J'avais décliné. Je ne voulais pas risquer de vomir à table pour ma première rencontre avec Orson Welles. Le dîner était terminé, nous nous étions levés. David me prit à part et me dit en confidence :

— Venez me voir au Lancaster demain en fin d'après-midi. Nous devons parler.

Florence me regardait, un demi-sourire aux lèvres. Devant l'ascenseur, Orson Welles me dit :

— À bientôt, j'espère, Jérôme. Et n'oubliez pas notre mot de passe : Rosebud !

Son rire suivit, accompagné de grosses bouffées de havane tandis qu'il entrait seul dans l'ascenseur. Florence m'embrassa en me serrant le bras et David me donna une poignée de main qui laissait entendre qu'il ne devait pas être une mauviette sur un terrain de football américain.

Je me retrouvai dans l'ascenseur avec Guido Orlando qui fumait le gros cigare que lui avait offert Orson, ce qui le faisait paraître encore plus petit. Il faisait chaud, on aurait dit que ses sourcils et sa moustache sécrétaient du cirage noir. Dans la rue, il fit quelques pas avec moi en silence en tirant sur son barreau de chaise, et il me dit en me serrant la main :

— Au revoir, monsieur Dracéna. Vous verrez, nous allons très bien travailler ensemble.

Je remarquai qu'il portait des chaussures bicolores.

II

Je dormis très peu. « Nous allons travailler ensemble », m'avait dit Guido Orlando en partant. Comment pouvait-il déjà le savoir, puisque David venait de me donner un rendez-vous au Lancaster « pour parler » ? J'étais presque sûr maintenant que ce dîner avait été organisé pour me faire rencontrer Orson Welles et que la suite était prévue d'avance. C'était plutôt positif, restait maintenant à savoir ce qu'allait me proposer David.

Le lendemain, il vint m'ouvrir lorsque je frappai à la porte de sa suite au Lancaster et me serra la main. Il était en train de dire au revoir à Guido Orlando, qui lui dit : « Tout se passera bien, David, ne vous inquiétez pas. Je vous appellerai à Hollywood. »

— Je ne vous présente pas, dit David, puisque vous avez dîné ensemble hier soir. Vous serez sûrement amenés à vous revoir.

Orlando répondit « Bien sûr » et sortit après m'avoir salué. Je regardai autour de moi. La suite était luxueuse, il y avait un grand bouquet de fleurs sur une table basse et des bouteilles d'alcool avec un siphon et des verres sur une console.

— On va commencer par prendre un verre, dit

David, c'est toujours plus agréable lorsqu'on doit parler de choses sérieuses, vous ne trouvez pas ?

Il me balança son sourire hollywoodien, choisit une bouteille de Haig et nous servit deux scotchs secs bien tassés.

— L'eau gâche tout, dit-il en levant son verre qu'il vida à moitié.

Je l'imitai. J'aimais bien ce début sans ambages.

— Florence est sortie faire des courses, dit David en finissant son verre. Ce qui veut dire qu'elle passe l'après-midi chez Jacques Fath et chez Pierre Balmain, vous la connaissez.

Je la connaissais. Que savait-il de mes rapports avec Florence ? Que lui avait-elle dit ?

Nous étions assis, l'un en face de l'autre, sur des canapés. David avait rempli nos verres. Il resta silencieux pendant quelques secondes.

— Bien. Voici la situation. Comme Florence vous l'a dit, j'ai mis de l'argent dans *Othello*, le film dont Orson vient de finir le tournage et qu'il va monter à Paris. Il a passé quatre ans sur ce projet à chercher un financement qu'il a fini par trouver au Maroc où a eu lieu le tournage, un tournage qui a été interrompu plusieurs fois par manque de fonds. Entre-temps, Orson tournait comme acteur dans des films alimentaires pour gagner de l'argent, qui était immédiatement investi dans *Othello*. À la fin, c'était devenu très difficile, le film allait au désastre. C'est là que je suis intervenu. Par admiration pour Orson qui est un génie, ce que Hollywood n'a jamais compris. J'ai vu des rushes d'*Othello* : c'est absolument magnifique. « Qu'est-ce que je viens faire là-dedans ? » devez-vous penser, dit David en allumant une Camel avec un Zippo qu'il fit sauter dans sa main. Il a fait toute la guerre avec moi dans les Marines, ajouta-t-il fièrement.

C'était bon à savoir. Un ex-marine américain, ça pouvait mal réagir s'il apprenait que sa femme avait dérobé. Florence avait-elle été imprudente ?

— Pourquoi je vous ai fait venir ? reprit David. Orson a des ennuis. Hearst ne lui a jamais pardonné *Citizen Kane* et le poursuit de sa haine. Son divorce avec Rita Hayworth s'est mal passé, il est possible qu'elle ait envie de se venger, et la presse à scandale n'attend que ça. D'autre part, avant son départ de Hollywood, Orson, qui est très engagé politiquement, a dû comparaître devant un comité d'activités anti-américaines. J'arrête là, Orson vous en parlera mieux que moi. Bref, pour en venir à l'objet de notre entretien, je voudrais que vous deveniez l'homme de confiance d'Orson à Paris. J'ai quelqu'un à Rome lorsqu'il y séjourne. Vous deviendriez officiellement l'assistant personnel de M. Orson Welles et vous habiteriez ici, à l'hôtel Lancaster, lorsque Orson serait à Paris. Vous auriez un salaire fixe, plus vos frais, payés par Warner Bros. Rassurez-vous, il ne s'agit pas d'être le garde du corps d'Orson mais, éventuellement, de régler quelques problèmes qui empêcheraient qu'Orson puisse travailler en paix. Je crois, d'après ce que je sais de vous, que vous pourriez être l'homme de la situation. Qu'en dites-vous ?

Ce que j'en disais ? J'essayai de ne pas avoir l'air trop surpris pour répondre calmement.

— Je vois que vous hésitez, dit David. Vous pouvez réfléchir, bien sûr, mais nous repartons à Hollywood dans deux jours et j'ai besoin de votre réponse avant notre départ.

Il avait gardé des munitions pour me convaincre :

— Orson est d'accord. Vous avez passé avec succès l'épreuve du dîner à La Tour d'argent.

Il rit, content de son coup final.

— Je n'ai pas besoin de réfléchir, David. Moi aussi j'ai beaucoup d'admiration pour Orson Welles, et je serais très heureux de travailler pour lui.

— Bravo, dit David qui en profita pour remplir nos verres.

Il leva le sien en disant : « À Orson Welles ! À *Othello* ! »

Il posa son verre et me tendit une feuille de papier.

— Vous avez ici les numéros de téléphone et l'adresse des bureaux de Warner Bros à Paris, Balzac 44 50. Pour toute question d'argent, vous aurez affaire à notre représentant, qui s'appelle Jack Landau, un Franco-Américain très sympathique. Je le mettrai au courant dès demain matin. Pour Orson, c'est très simple, son numéro de téléphone est celui du Lancaster, Élysées 90 43, où il habite lorsqu'il est à Paris. Orlando, lui, descend au Berkeley, rue de Ponthieu, Balzac 02 24.

Je n'avais pas vu David écrire. À l'évidence, cette liste avait été préparée avant ma réponse. Ils étaient drôlement sûrs d'eux. David se leva. Il vacillait un peu. Pas si résistant que ça, le marine.

— Vous allez m'excuser, Jérôme, je dois téléphoner à Hollywood. Tout va bien, j'appellerai Orson ce soir pour lui annoncer la bonne nouvelle. De votre côté, mettez-vous en rapport avec lui dès demain.

Il me raccompagna à la porte et me dit, presque en confidence :

— À propos d'Orlando, il a parfois des idées un peu originales, mais c'est un très bon agent de publicité et je suis sûr que vous vous entendrez bien. Nous ne nous reverrons pas avant notre départ, alors « *Good luck !* », comme on dit chez nous. Jack Landau me tiendra au courant.

Je restai immobile quelques minutes dans le couloir. Tout s'était passé si vite, sans fausse note. Une partition écrite d'avance. Pour le moment, je me voyais sur un nuage, loin de Pigalle, de Saint-Germain-des-Prés et des quais d'Anvers.

En rentrant, je téléphonai à Tony pour lui raconter mon dîner à La Tour d'argent, mon entrevue avec David Warner et la proposition qu'il m'avait faite. Avant même de revoir Orson Welles, je l'avais acceptée.

— Formidable, dit-il sobrement.

***

— Mon chéri, tu ne croyais tout de même pas que j'allais quitter Paris sans te revoir. Veux-tu m'inviter à déjeuner ? J'ai tellement de choses à te dire.

Florence. J'essayais de ne pas y penser, mais j'attendais ce coup de téléphone et je savais comment cela allait finir. Je croyais être tranquille dans ma tête, même si le dîner à La Tour d'argent avait ravivé des souvenirs.

— Comment se fait-il que tu sois libre ?

— David est occupé tout l'après-midi, et moi, en principe, je cours les magasins de luxe, Hermès, Cartier, tu me connais. Emmène-moi dans un bistrot, ça me changera de La Tour d'argent et des restaurants de Hollywood.

Je lui donnai rendez-vous dans un bistrot des Halles où l'on mangeait des choses sérieuses arrosées de beaujolais.

Quand elle entra dans le restaurant, des têtes pivotèrent. Elle était trop chic pour l'endroit, mais sa beauté emportait tout. Je me levai et elle m'embrassa tendrement sous l'œil envieux des quatre types rougeauds à nuque de taureau qui bâfraient à la table voisine. Je voulus commander du champagne.

— Non, mon chéri, j'en bois toute l'année. Soyons simples, du beaujolais.

Je la regardai pendant qu'elle me noyait dans un flot de paroles où se mélangeaient des potins hollywoodiens, des nouvelles de son père, des projets de David et, enfin, le rappel de moments tendres passés ensemble pendant l'Occupation.

— Tu sais que mon oncle, Louis de Rochelaure, est mort sous la torture dans les locaux de la Gestapo, rue des Saussaies ?

Je le savais. Elle s'assombrit et resta silencieuse un moment, mais sa gaieté reprit le dessus.

— Tu aimes mon tailleur de chez Balmain ? dit-elle.

— Il est superbe. Mais je te préfère sans tailleur, sans rien, si, peut-être avec tes bas.

Elle me regarda, faussement choquée.

— Eh bien, tu n'y vas pas par quatre chemins. Tu habites toujours rue Saint-Georges ?

Plus tard, nous fumions au lit en écoutant « Moonlight Serenade », qui sortait de ma radio. Je ne l'avais pas fait exprès, ç'aurait pu être « Cerisiers roses et pommiers blancs » par André Claveau, ce qui n'eût rien changé.

Florence regardait cette chambre où elle, Florence Préville, fille du comte de Sénanville, ministre de Vichy, était venue s'encanailler pendant la guerre avec un pauvre détective privé.

— J'adore, dit-elle. Si tu savais ce que ça m'a manqué, surtout, tu ne vas pas me croire, quand j'étais sur la plage à Malibu !

Elle se rhabillait tout en me racontant sa vie dorée à Hollywood, pleine de dîners avec des vedettes, et la volonté de David de faire d'elle la star française du cinéma américain. Elle n'avait rien à voir, précisa-t-elle, avec « ces pauvres Corinne Calvet et Denise Darcel, qui vont mettre leurs poitrines sous le nez des producteurs pour tourner dans un film ».

Elle s'était remaquillée. Elle était comme neuve, prête à rejoindre son riche mari américain qui venait de m'engager pour veiller sur Orson Welles.

Je descendis avec elle et marchai jusqu'à la place Saint-Georges où je fis signe à un taxi qui passait. Elle m'embrassa doucement pour ne pas gâcher son rouge à lèvres. J'ouvris la portière. Elle se retourna au moment de monter.

— Il faut que tu viennes à Hollywood. David te trouvera un job chez Warner Bros, on pourra se voir souvent.

III

— Vous aussi, vous avez été amoureux de ma femme ? dit Orson Welles.

Je sursautai. Il était debout devant moi, immense, se découpant sur un fond de plafond à moulures comme dans un plan déformé de *Citizen Kane*.

— Votre femme ?

Je devais avoir l'air ahuri, car il reformula sa question.

— Mon ex-femme, Rita Hayworth. Êtes-vous tombé amoureux d'elle lorsque vous l'avez vue pour la première fois dans *Gilda* ?

Cette fois, c'était clair.

— Amoureux fou. J'ai vu *Gilda* trois fois, *La Dame de Shanghai* trois fois aussi et je sors en ce moment avec une fille qui est son sosie.

— Non !

Il éclata de rire.

— Soyez gentil, ne vous sentez pas obligé de me la présenter !

Cela faisait un quart d'heure à peine que j'étais arrivé dans la suite d'Orson Welles au Lancaster et il voulait déjà me tester. Sur quoi, ses films ? Je m'étais méfié. J'avais déjà quelques réponses prêtes à des questions qu'il ne manquerait pas de me poser. Je connaissais *Citizen Kane* et *La Dame de Shanghai* par cœur. Après l'entrée en matière brutale sur son ex-femme et sa plaisanterie sur la fausse Rita, je m'attendais à un jeu questions-réponses sur lui, ses films, le cinéma américain, Hollywood, histoire de voir si j'étais encore digne de l'examen que j'avais passé à La Tour d'argent. Mais non. Il prit un bloc-notes sur un secrétaire, le posa sur ses genoux et sortit un stylo de sa poche.

— Parlons de vous, Jérôme. Avant de devenir détective privé, vous avez fait partie de la Brigade criminelle, quai des Orfèvres. C'est exact ?

— C'est parfaitement exact, Florence ne vous a pas menti, mais…

Il eut un geste rassurant dans ma direction.

— Je suis fasciné depuis toujours par les histoires de crimes et de gangsters. Pour une fois que j'ai un spécialiste en face de moi, je vais en profiter. Racontez-moi des affaires de la Crim', comme vous dites entre flics, et des histoires de détective privé.

Je ne m'y attendais pas, mais Orson avait l'air sérieux. Il était là, avec son nœud papillon et son énorme cigare planté dans la bouche, qui ne devait pas être le premier de la journée au regard des cadavres qui gisaient dans le cendrier, et il me demandait de lui raconter ma vie !

La surprise passée, j'entrepris de lui balancer quelques belles affaires de la Crim' où je ne m'étais pas trop mal défendu. Je lui parlai de mon père, ancien commissaire à la Mondaine.

— Chez nous, on dit « *Vice Squad* », la Brigade du vice. Ça sonne mieux qu'en français, vous ne trouvez pas ? dit Orson.

Puis l'Occupation, les truands de Pigalle, la bande

Bony-Lafont, l'histoire Arletty, l'affaire du banquier Kahnbrenner et quelques histoires de voyous.

Il n'arrêtait pas d'écrire. Il voulait des précisions sur les bagarres, les armes, l'ambiance des bars et des boîtes de nuit. Il hochait de temps en temps la tête en murmurant : « C'est bien, ça, c'est très bien. »

Il avait laissé éteindre son cigare qu'il envoya rejoindre ses frères dans le cendrier et en alluma un autre, à grosses bouffées. Il posa son bloc-notes, rangea son stylo et regagna son fauteuil.

— Eh bien, Jérôme, voilà une bonne séance de travail qui s'achève. Whisky ?

Nous avions, ou plutôt j'avais parlé pendant deux heures et je n'avais pas avancé. Pas un mot sur *Othello*, sur les ennuis dont j'étais censé le protéger.

— Je sais ce que vous pensez, *dear boy* : je ne vous ai rien dit. Rassurez-vous. Si vous êtes libre, je vous invite à dîner ici au restaurant de l'hôtel. Nous discuterons pendant que nous mangerons et, si nécessaire, nous continuerons ici. Je dois aller à Rome pour une quinzaine de jours, ainsi, vous aurez toutes les informations dont vous avez besoin avant mon départ. Cela vous convient-il ?

Si ça me convenait de dîner avec Orson Welles, quelques jours seulement après avoir fait sa connaissance ? J'imaginais les têtes de Brasseur et de Tony lorsque je leur raconterais.

Whisky, donc. Un, deux, trois. Après avoir réservé au restaurant, Orson commença à parler.

— Vous savez déjà beaucoup de choses sur *Citizen Kane*, mais peut-être pas sur les événements qui ont suivi. Hearst a tout fait pour empêcher la sortie du film. Louis B. Mayer, le patron de la MGM et ami de Hearst, a proposé à RKO, qui avait produit le film,

842 000 dollars en cash s'ils détruisaient toutes les copies et les négatifs. Ensuite, un autre ami de Hearst, actionnaire de RKO, a racheté le studio. J'ai été mis dehors… en une heure ! Un article a paru dans le *New Yorker* qui disait – je le connais par cœur : « Le groupe de presse Hearst a l'ordre formel de ne pas écrire une ligne sur Welles, à part les articles qui montrent qu'il constitue une menace pour la famille américaine, la liberté de parole et de réunion et la poursuite du bonheur ! » Qu'est-ce que vous dites de ça ? dit-il en pointant son cigare vers moi.

» La première du film a eu lieu à Radio City, à New York, en mai 1941, enchaîna Orson, mais des centaines de cinémas dans tout le pays ont refusé de le programmer. Des photographes de Hearst me suivaient, espérant que je ferais une erreur qui me serait fatale. Lorsque le film est sorti à Pittsburgh, un flic que je ne connaissais pas est venu me voir pendant que je dînais avec des amis. Il m'a prévenu : "Ne retournez pas à votre hôtel, c'est un conseil d'ami. Il y a une gamine de 14 ans cachée dans le placard et deux cameramen qui vous attendent." Je l'ai remercié : sans lui, je finissais en prison. Hearst était surtout furieux parce que, dans le film, le personnage de Marion Davies, sa maîtresse, était une chanteuse alcoolique sans talent.

» Finalement, le film a eu le prix du meilleur scénario aux Oscars en 1942, mais Hearst n'a pas renoncé. Il avait des alliés dans la place et pas n'importe qui. À Hollywood, il y avait à l'époque deux vipères qui faisaient la pluie et le beau temps avec leurs chroniques d'indiscrétions, Hedda Hopper et Louella Parsons, qui me détestaient et me détestent toujours.

Orson s'arrêta net et regarda sa montre.

— Allons dîner, *dear boy*.

IV

— À propos de mon ex-femme, dit Orson entre deux bouchées de foie gras, il faut que vous sachiez que notre divorce s'est mal passé. Rita a été très heureuse au début de notre mariage : je représentais pour elle une figure paternelle, mais elle était très complexée par son manque de culture, et elle est devenue susceptible et jalouse. Les gens se font de fausses idées sur Rita. Elle disait : « Les hommes sortent avec Rita Hayworth et rentrent avec Margarita Cansino », son vrai nom. Elle détestait son personnage de star, elle n'y croyait pas. La situation a empiré et nous avons décidé de nous séparer à la fin du tournage de *La Dame de Shanghai*. Nous avons divorcé quelques mois plus tard et Rita s'est réfugiée à Palm Springs, où elle s'est empressée d'avoir une liaison avec… David Niven, un acteur anglais très chic, pas du tout quelqu'un dans mon genre !

Son rire retentit dans la salle à manger feutrée du Lancaster.

— Vous suivez, mon cher Jérôme ? dit Orson qui entamait maintenant une sole meunière. Plus tard, Rita est allée à Cannes pour un bal où elle était invitée par Elsa Maxwell, une autre commère de Hollywood.

Elle est descendue à l'hôtel du Cap. J'étais à Rome à ce moment-là et j'avais prévu de venir à Cannes pour voir Darryl Zanuck, à qui j'avais l'intention de demander de l'argent pour *Othello*. Je savais par des amis que Rita regrettait d'avoir demandé le divorce. Quand elle a su que j'étais là, elle m'a demandé de l'emmener dîner et j'ai accepté. Nous sommes allés dans un night-club et, deux jours plus tard, le *Los Angeles Times* a titré : « Rumeurs de remariage entre Rita Hayworth et Orson Welles ». Le journal parlait d'une seconde lune de miel ! C'était trop. Je suis retourné à Rome après avoir vu Zanuck et je n'ai pas rappelé Rita. Elle m'en a beaucoup voulu. Elle est revenue à la charge plusieurs fois. Elle voulait qu'on vive ensemble de nouveau, mais j'ai refusé. Elle m'en veut encore, j'en suis certain, même aujourd'hui où elle est remariée avec le prince Ali Khan. Depuis, je vois apparaître périodiquement dans les journaux des informations confidentielles sur ma vie privée que très peu de gens, d'amis même, connaissent.

— Vous pensez que votre ex-femme pourrait en être à l'origine ?

— Je ne sais pas, dit Orson qui avait fini sa sole, mais elle est au courant de pas mal de choses gênantes sur ma vie passée et ce n'est pas le moment, alors que je viens de finir de tourner *Othello*, qu'on en parle dans la presse.

— Que voulez-vous que je fasse ?

Un faisan rôti venait d'apparaître devant Orson.

— Je voudrais en avoir le cœur net. Rita est à Paris en ce moment. Elle habite dans l'hôtel particulier d'Ali Khan, dans le 17e. Pendant mon absence, vous pourriez vous faire passer pour un journaliste, aller l'interviewer et, comme vous dites en français, lui tirer les vers du nez. D'après ce que je sais de vous, ce n'est pas le genre de chose qui vous gênerait, n'est-ce pas ? Vous l'interrogeriez d'abord sur ses projets pour la mettre en confiance, sur ce qu'elle aime à Paris, et vous amèneriez la conversation sur moi, pour voir comment elle réagira.

Il avala une gorgée de vin et reprit son combat avec une cuisse de faisan.

Non, ça ne me gênait pas. J'avais accompagné Tony assez souvent pendant l'Occupation, lorsqu'il travaillait à *Ciné Mondial*, pour savoir ce qu'était une interview de vedette.

— Vous ne mangez pas, *dear boy* ? dit Orson qui avait repéré de loin le chariot de fromages.

— J'ai du mal à vous écouter et à manger en même temps.

— Faites comme moi, mangez, n'écoutez pas !

Le chariot approchait. Il prit du brie et du roquefort, tout en faisant signe au maître d'hôtel de remplir son verre.

— Je crois comprendre que vous êtes d'accord, dit-il sans attendre ma réponse. L'hôtel d'Ali Khan se trouve rue de Prony. Vous êtes détective privé, vous saurez trouver l'adresse et le numéro de téléphone.

J'avais à peine touché aux plats. Dommage, c'était bon. Après des profiteroles, Orson commanda un café, un cognac et alluma un de ses troncs d'arbre. C'était à moi de parler.

— Je pense que c'est possible. Je vais m'en occuper, mais il n'y a pas que Rita qui pourrait vouloir vous nuire : je crois que vous avez eu des problèmes sérieux en Amérique avant de venir en Europe ?

— Oui, quelques-uns, mais la plupart d'entre eux sont derrière moi. Je dois encore de l'argent à RKO, les impôts américains me poursuivent et j'ai dû comparaître avant de partir devant un comité d'activités anti-américaines. Pourquoi ? Parce que j'ai fait campagne pour Roosevelt et pour les droits des Noirs. J'ai aussi milité pour des relations d'apaisement avec les Russes et, à un moment, j'ai annoncé que j'allais me présenter au Congrès. Vous voyez, pas de quoi fouetter Edgar Hoover ! Mais c'était trop pour Hollywood où l'on est très conservateur, dit-il avant d'avaler la moitié de son cognac.

— Vous pensez que, parmi ces gens qui ne vous aiment pas, certains voudraient vous voir compromis dans un scandale ?

— Peut-être, répondit-il, évasif.

Il resta un moment silencieux. La salle à manger du Lancaster s'était vidée, il ne restait plus que nous et un maître d'hôtel renfrogné, impatient de nous voir partir.

— Si, dit Orson en braquant son cigare sur moi après avoir réfléchi. Il y a quelqu'un. C'est peut-être le plus dangereux. À New York, en 1938, à l'occasion de Halloween, j'ai réalisé une émission pour la station de radio CBS, qui s'appelait « La Guerre des mondes », tirée de H. G. Wells, l'histoire de Martiens venus sur terre qui envahissent le New Jersey. Je ris encore lorsque j'en parle. Pendant la retransmission en direct d'un concert, l'émission était interrompue par un speaker à la voix affolée qui parlait d'un énorme objet lumineux tombé sur la ville de Trenton, dans le New Jersey, qui annonçait l'arrivée des Martiens sur terre. Le programme était fréquemment interrompu par des flashes d'information inquiétants, qui parlaient d'une série d'explosions sur la planète Mars, puis de l'atterrissage de l'objet lumineux dans une ferme du New Jersey.

» Un journaliste présent voyait “un monstre hideux sortir du vaisseau spatial” et décrivait d’autres monstres terrifiants à tentacules. Les descriptions avaient de quoi semer la panique et c’est ce qui s’est produit. Moi, j’étais derrière mon micro dans le rôle d’un célèbre astronome qui expliquait comment les monstres avaient pu détruire par le feu les spectateurs présents. Je parlais d’un rayon de chaleur. Un commentateur enchaînait en disant que ces monstres étaient les éclaireurs de l’armée d’invasion des Martiens.

» Malheureusement, de nombreux auditeurs ont pris le programme en marche, sans avoir pu m’entendre annoncer avant que c’était une émission de fiction. Des milliers de gens, pris de panique, sont sortis de chez eux. Ils pleuraient, ils déchiraient leurs vêtements et se réfugiaient dans les églises. Il y a eu des jambes cassées, des fausses couches et, pour finir, des poursuites judiciaires. Le lendemain matin, j’étais à la une du *New York Times* ! J’avais 23 ans.

» Mais il y a eu aussi un drame. Une femme qui travaillait comme barmaid à l’hôtel Chalfonte d’Atlantic City, dans le New Jersey aussi, s’est suicidée. Son mari l’a trouvée morte avec, à côté d’elle, une lettre où elle disait “qu’elle ne voulait pas vivre dans un pays occupé par les Martiens et qu’elle préférait s’en aller”. Le mari n’a pas pu me poursuivre – j’avais une clause dans mon contrat avec CBS qui me déchargeait de toute responsabilité –, mais il est devenu menaçant. Il rôdait autour de chez moi, m’envoyait des lettres où il me promettait de me tuer. À un moment, j’ai dû être protégé par la police, puis ça s’est arrêté. Plus aucune nouvelle pendant plusieurs années. J’ai appris qu’il avait été interné dans une clinique psychiatrique, mais il a été libéré récemment et personne ne sait où il se trouve actuellement.

Orson avait fini son cognac.

— Je vais faire trois pas avec vous dehors, dit-il, l'air me fera du bien.

C'était naturel après du foie gras, une sole meunière, un faisan, du fromage et des profiteroles.

Dans la rue, il jeta son cigare dans le caniveau et me regarda. Au lieu de lui dire « Bonsoir, Orson, nous nous verrons à votre retour », je lui demandai :

— C'est vrai que vous êtes fasciné par la magie depuis votre enfance ?

— Qui, moi ? dit Orson en approchant sa main de ma veste.

Il en libéra un pigeon qui s'envola bruyamment dans la rue pendant qu'il rugissait de rire en me montrant du doigt.

V

Comment rencontrer Rita Hayworth ? Comment lui « tirer les vers du nez », comme avait demandé Orson ? J'étais payé pour ça, pour faire des choses qui m'obligeraient à embrumer des gens et d'autres, qui peut-être ne comprendraient que la persuasion physique. Cela me convenait, tant que c'était pour Orson Welles.

Je pensai tout de suite à Tony, à son personnage de photographe beau mec et charmeur, qui cachait un voyou napolitain, pas toujours net, mais fidèle à ses amis. Je l'appelai.

— J'ai besoin de te voir le plus vite possible, Tony.

— D'accord. Huit heures au Silène, comme d'habitude.

Le pianiste jouait « Smoke gets in your eyes » lorsque je débarquai au Silène en même temps que Tony.

— Que se passe-t-il, Jérôme ? demanda-t-il pendant que le barman agitait son shaker.

J'allai droit au but.

— J'ai besoin de voir Rita Hayworth. Tu sais que je travaille pour David Warner et Orson Welles, avec qui j'ai passé la soirée d'hier. C'est lui qui veut que je la voie.

Lorsqu'on faisait la connaissance de Tony le Charmeur, la première impression était souvent désastreuse : du vent, une planche pourrie sûrement. Après des années d'amitié, j'avais découvert que c'était une planche en acier qui pouvait se transformer en tombe lorsqu'on lui demandait de rester discret.

Il eut droit au récit intégral de ma soirée avec Orson, ce qu'il avait mangé, ses problèmes avec son ex-femme, ses soupçons.

— Voir Rita ? Facile ! s'exclama-t-il en finissant son alexandra – il en commanda deux autres. J'ai déjà une idée. Orson a bien suggéré que tu te fasses passer pour un journaliste ? C'est ce que nous allons faire.

— Nous ?

— Oui, nous, parce que tu ne parles pas anglais et que, si elle accepte, tu ne pourras pas l'interviewer. Alors, on va y aller tous les deux, moi je serai le reporter et toi le photographe, tu n'auras pas besoin de parler. Tu as encore le Rolleiflex que je t'ai donné ? Avec ce que je t'ai appris à *Ciné Mondial* quand tu m'accompagnais en reportage, tu es parfaitement capable de faire illusion et même de prendre vraiment des photos.

— Mais on ne travaille pour aucun journal, ça va faire bidon.

— J'y ai pensé. On va se présenter comme deux journalistes de *Paris Match*. Rita ne connaît rien à rien, elle ne téléphonera pas au magazine pour vérifier. J'ai même trouvé nos noms d'emprunt, Philippe Marino et Patrick Bouchet, qui passeront comme des lettres à la poste.

— Qu'est-ce qu'on va lui dire pour justifier l'interview ?

— Les prétextes ne manquent pas. Orson ne le sait

peut-être pas, mais rien ne va plus entre Rita et Ali Khan, ils sont en train de divorcer. Pour le moment, Ali est à New York. Il a laissé Rita seule à Paris dans son hôtel particulier. Rita n'est plus la star qu'elle a été. Son dernier film, *Les Amours de Carmen*, est un navet et celui qu'elle vient de tourner, *L'Affaire de Trinidad*, a déjà de mauvaises critiques avant même sa sortie. Elle a encore un attaché de presse à Hollywood, mais à Paris, elle doit avoir une secrétaire, c'est tout. On commencera par lui poser des questions sur ses anciens films, ses projets, et on enchaînera doucement sur Orson Welles. Qu'est-ce que tu en dis ?

— Tony, ton plan est parfait. Je t'invite à dîner. Tu me donneras un petit cours de photographie à table, d'accord ?

J'emmenai Tony chez Allard où il commanda ce qu'il y avait de plus cher : il savait que c'était Warner Bros qui payait. En quittant le restaurant, il me dit :

— Je m'occupe du rendez-vous avec Rita : si sa secrétaire ne parle qu'anglais, tu vas être paumé. Laisse-moi faire, je te tiens au courant. Entre-temps, exerce-toi avec le Rolleiflex, Philippe Marino !

***

« Exerce-toi… » Il était là le Rolleiflex, bien rangé dans une sacoche en cuir au fond d'un placard. Je le déballai : impeccable, aucune rayure sur l'objectif, comme neuf. Je m'en étais servi au moment où Tony m'en avait fait cadeau, pour faire des photos de Florence et de Lita Lamar, une danseuse de l'As de cœur, un cabaret de Pigalle, chez qui je passais la nuit de temps à autre. Je n'étais pas complètement manchot.

Je trouvai l'adresse d'un magasin d'appareils photo et sortis pour acheter des pellicules. En rentrant, j'appelai Josiane. N'était-elle pas le modèle idéal pour un faux photographe qui voulait s'entraîner avant de rencontrer la vraie Rita Hayworth ?

— Tu m'avais oubliée ? demanda-t-elle lorsque je lui téléphonai aux Productions Sacha Gordine.

Je protestai sans la convaincre : je menais une enquête difficile et dangereuse qui m'obligeait à travailler souvent la nuit. Elle fit semblant de me croire, mais joua les divas lorsque je l'invitai à dîner :

— On verra. Rappelle-moi un de ces jours, dit-elle avant de raccrocher. Elle me faisait payer mon silence, c'était de bonne guerre.

***

Tony m'appela trois jours plus tard.

— C'est arrangé. J'ai trouvé l'adresse et le numéro de téléphone d'Ali Khan. J'ai appelé et j'ai demandé à parler à la princesse. On m'a passé la secrétaire, une Américaine, à qui j'ai fait mon numéro. Elle m'a posé quelques questions et m'a rappelé le lendemain pour me dire que nous avions rendez-vous vendredi à 4 heures, rue de Prony. Elle ne m'a rien demandé sur *Paris Match*. Je pense qu'on est bien partis. N'oublie pas ton appareil, pour un photographe ça la foutrait mal.

Josiane capitula le jeudi lorsque je l'appelai pour l'inviter à dîner. Elle tiqua lorsque je lui demandai de porter la robe noire moulante de notre dernier rendez-vous.

— Pourquoi ?

— J'ai l'intention de faire des photos de toi avant le dîner et tu es superbe dans cette robe.

— C’est louche cette histoire de photos. Qu’est-ce que tu vas en faire ?

— Rien. Je te les donnerai et j’en garderai quelques-unes pour moi. J’ai fait de la photo dans le temps. J’ai envie de m’y remettre et de commencer avec toi.

— Bon, d’accord…

Je la sentais flattée, mais pas question de le laisser entendre.

— Viens me chercher au bureau vers 7 heures.

***

J’arrivai avant 7 heures aux Productions Sacha Gordine. Josiane avait déjà rangé son bureau. Elle m’attendait.

— Sacha est en vacances, dit-elle. Je peux partir plus tôt.

Je me demandai, en la regardant bouger dans sa robe noire, si la vraie Rita Hayworth, que je devais voir le lendemain, serait aussi belle que la fausse, Josiane, simple secrétaire.

— Nous allons dîner chez Ledoyen, dis-je à Josiane dans l’ascenseur, mais avant, je voudrais faire des photos de toi dans les jardins des Champs-Élysées. Il fait beau, la lumière est idéale. Qu’est-ce que tu en penses ?

Elle n’en pensait rien. Elle n’avait toujours pas compris pourquoi je tenais tant à faire des photos d’elle, mais elle était d’accord.

Je garai ma voiture devant chez Ledoyen, pris mon Rolleiflex et on partit à l’aventure dans les jardins. Josiane posait bien pour quelqu’un qui n’avait jamais vu un appareil photo de sa vie. Elle savait provoquer juste ce qu’il fallait, sans vulgarité. La robe noire, le maquillage, la coiffure, tout était parfait. Une répétition idéale pour l'interview avec son célèbre sosie.

Pendant le dîner, Josiane me prit la main et la porta à ses lèvres. Nous avions bu une bouteille de champagne.

— Je suis un peu pompette, dit-elle. Je suis heureuse que tu m'aies appelée. Je me méfie tellement de toi que je t'avais rayé de ma vie.

Je protestai gentiment en me présentant comme un garçon de confiance – « Faux derche ! » aurait hurlé Brasseur.

Chez moi, je fis encore des photos de Josiane, mais sans la robe noire. Le lendemain, Tony m'appela pour me dire que notre rendez-vous avec Rita Hayworth était reporté. À la suite d'un appel de Hollywood, lui avait dit la secrétaire, elle avait dû quitter Paris rapidement et reviendrait dans une quinzaine de jours. Énervé, je me posais mille questions. Quand Florence m'écrirait-elle de nouveau ? Comment se passeraient nos retrouvailles ? Je passai la nuit à me retourner dans mon lit.

***

Pierre m'appela en fin de matinée pour me dire qu'il y avait peut-être quelque chose pour moi dans un film dont le tournage allait commencer prochainement.

— Ça s'appelle *Rendez-vous de juillet*, et le rôle principal est tenu par un grand copain à moi, Daniel Gélin, avec qui j'ai dîné hier soir. J'ai appris par lui qu'un acteur étant parti, il y avait un petit rôle à prendre. Le metteur en scène s'appelle Jacques Becker, ce n'est pas n'importe qui. Tu connais, je suppose ?

J'ai dit à Daniel que tu serais sûrement intéressé. Je me trompe ?

— Bien sûr que je suis intéressé, mais tu ne t'es pas un peu trop avancé en proposant mon nom ? Je ne suis ni Pierre Brasseur ni Gérard Philipe.

— Allons, allons, ne fais pas ta coquette ! Je suis sûr que tu t'en sortiras très bien et Daniel est la gentillesse sur terre. Tu vas l'appeler de ma part à Wagram 92 41. Il est au courant et te présentera à Jacques Becker. Je te donne un tuyau : Becker aime le jazz, comme toi.

VI

Dans la foulée, j'appelai Daniel Gélin. Oui, son ami Pierre lui avait dit beaucoup de bien de moi, il fallait qu'on se voie rapidement. Il me donna rendez-vous le surlendemain à 7 heures au bar du Fouquet's.

Lorsque j'entrai au Fouquet's, je vis que Daniel Gélin m'avait précédé et qu'il était au bar en grande conversation avec un homme d'une quarantaine d'années à moustache et cheveux gris. Je me présentai.

— Enchanté de faire votre connaissance, mon cher Jérôme, dit Gélin.

Le sourire qui faisait des ravages sur les plateaux de cinéma et dans les boîtes de nuit était amical, la poignée de main cordiale. Il me prit le bras.

— À mon tour de vous présenter Jacques Becker, qui est le réalisateur de *Rendez-vous de juillet*.

Becker me serra la main tandis que Gélin précisait :

— C'est l'ami de Pierre Brasseur dont je t'ai parlé et qui pourrait reprendre le rôle de Francis.

Becker me regardait en silence. En détail aussi. Je me sentis comme un mannequin dans une vitrine.

— Qu'est-ce que vous avez fait et que faites-vous en ce moment ? demanda-t-il aimablement.

Je me lançai, advienne que pourra.

— J'ai fait des débuts éblouissants dans *Dédée d'Anvers* avec deux débutants, Simone Signoret et Bernard Blier. Je vais être le premier ancien flic à devenir une star après avoir tourné un seul film.

Becker rit franchement, soudain intéressé.

— Vous êtes un ancien flic ?

— Oui, de la Brigade criminelle. Et je saisis l'occasion pour vous dire que j'ai vu plusieurs fois votre film *Dernier Atout*, en 1942. Je me suis régalé avec l'histoire de ces deux inspecteurs qui sortent d'une école de police et à qui on demande de résoudre une affaire ensemble. Ça m'a rappelé des souvenirs.

J'avais nettement marqué des points. Becker m'écoutait. Gélin, qui avait compris, savourait.

— Bien, bien, dit Jacques Becker en ouvrant une serviette posée à côté de lui. Voici le scénario de *Rendez-vous de juillet*. C'est Roger Lacombe qui devait jouer Francis, mais il a estimé que le rôle était trop court. Je n'ai pas voulu le rallonger, il est parti. Bon vent ! Physiquement, vous correspondez au personnage, mais votre expérience est tout de même limitée. Si ce rôle vous intéresse, je vous ferai faire des essais qui seront convaincants ou pas. Qu'en dites-vous, monsieur Dracéna ?

Gélin me faisait signe d'accepter derrière l'épaule de Jacques Becker.

— Le rôle me plaît déjà avant d'avoir lu le scénario.

Le regard de Becker était bienveillant. J'en remis une couche :

— Un détail : je n'accepterai de faire le film que s'il y a du jazz !

— Vous ne trouvez pas que vous exagérez un peu ? dit Becker.

Et on éclata de rire tous les trois ensemble.

Je rentrai chez moi content, avec la carte de Jacques Becker dans la poche. Je n'en avais pas trop fait, espérais-je, ce qui n'était pas certain, mais Jacques Becker n'avait pas l'air d'être imperméable à l'humour.

Je lus le scénario dans la nuit. Daniel Gélin était un jeune ethnographe qui quittait le domicile familial pour monter une expédition en Afrique avec des copains, désireux comme lui de changer de vie. Les deux filles du groupe, apprenties comédiennes, préféraient rester à Paris et essayer de réussir au théâtre, tandis que la bande quittait la France. Francis, mon personnage, d'abord partant pour l'expédition, finissait par choisir, lui aussi, la scène. Je n'avais pas beaucoup de répliques, mais c'était tout de même un peu plus compliqué que de jouer l'ivrogne effondré sur le bar de *Dédée d'Anvers*.

J'avais besoin de l'avis de Brasseur.

— Fonce ! Le cinéma est plein d'acteurs qui tueraient père et mère pour avoir ce genre de proposition, alors ne nous fais pas chier, accepte. Et souviens-toi : Gélin est une crème.

Du Brasseur dans le texte, qui faisait du bien à entendre. Il avait raison. J'étais tout neuf dans le métier, mais j'étais un petit acteur pratique, sans histoire, sans exigences, je pouvais remplacer, combler des vides. Des acteurs tombaient malades ou s'engueulaient avec les producteurs, j'étais là avec mon bon physique qui me permettait de jouer un flic, un voyou, un ingénieur. Bientôt un prêtre ? Un soir dans un bar, une fille m'avait parlé de mon rôle dans *Dédée d'Anvers*. Mon rôle ! On pouvait jouer n'importe qui à l'écran, les gens étaient toujours contents de vous reconnaître.

Si j'acceptais, il me faudrait éviter d'avoir l'air

d'un empoté bégayant qui ne savait pas bouger, essayer de ressembler à un semblant d'acteur. J'espérais que mes sauveurs habituels, Dalio et Brasseur, seraient là pour moi.

— Viens passer deux jours à la maison, me dit Pierre lorsque je le mis au courant de la situation. On va essayer de t'apprendre à marcher sans tomber et à parler sans bafouiller. Je vais appeler Dalio, on ne sera pas trop de deux pour te dégrossir !

Sur ma lancée, je téléphonai à Daniel Gélin pour lui dire que j'avais beaucoup aimé le scénario de *Rendez-vous de juillet*, que le rôle me plaisait, mais que j'avais peur de ne pas être à la hauteur. Je regrettais les plaisanteries que j'avais faites devant Jacques Becker.

— Vous avez tort, ça l'a beaucoup amusé et il a bien vu que vous ne parliez pas sérieusement, sinon il ne vous aurait pas donné à lire le scénario. Jacques Becker est un homme bien. Jetez-vous à l'eau, appelez-le et faites les essais. Pour la suite, c'est Jacques qui décidera, mais vous aurez au moins tenté votre chance. Allez, courage, Jérôme, un ancien flic de la Crim' ne se dégonfle pas ! Rendez-vous sur le tournage, j'espère.

Gélin avait raison. Qu'est-ce que je risquais ? D'être ridicule ? Ce ne serait pas la première fois dans ma vie, en supposant que je passe l'épreuve des essais. J'appelai Jacques Becker pour lui dire que j'avais lu le scénario et que je serais enchanté de remplacer l'acteur défaillant.

— Très bien, dit Becker d'une voix neutre. Vous m'en voyez ravi. Mon directeur de production chez Gaumont vous téléphonera pour fixer avec vous la date des essais. Le film est déjà commencé, mais vos scènes sont programmées à la fin du tournage. Voilà. Au revoir, Jérôme. À bientôt, j'espère.

***

Lorsque je débarquai chez Brasseur le lendemain matin avec ma valise et le scénario de *Rendez-vous de juillet*, je le trouvai en robe de chambre, le cheveu en bataille, une tasse de café à la main. Il avait l'air épuisé. La nuit avait dû être agitée.

— Ne pose pas de questions, dit-il en se laissant tomber dans le canapé du salon. J'ai demandé à Dalio de venir dîner ce soir et… Qu'est-ce que c'est que ça ? dit-il en montrant le scénario que j'avais posé sur une table basse.

— Le scénario de *Rendez-vous de juillet.*

— Deux films ! Je rêve ! Après *Dédée d'Anvers*, Jérôme Dracéna dans *Rendez-vous de juillet* ! Vite, appelez *Cinémonde*, *France-Soir*, Les Actualités françaises !

Je le laissai déblatérer. Inutile de lui rappeler qu'il s'agissait d'un petit rôle, il était parti dans un monologue délirant où j'apparaissais comme une menace pour le cinéma français et une insulte au métier d'acteur.

J'attendais en silence la fin de sa tirade à la Frédérick Lemaître dans *Les Enfants du Paradis*. Arletty n'était pas là pour le calmer. Tant mieux. J'avais Pierre pour moi tout seul dans son numéro signé Brasseur.

Soudain, il s'arrêta net et se leva brusquement du canapé.

— Bon, donne-moi ce scénario, je vais y jeter un coup d'œil avant ce soir. J'ai dit à Dalio de venir plus tôt pour qu'il puisse le lire aussi. Tu sais où est ta chambre. Il y a du poulet froid dans la cuisine. Moi, je vais me reposer un peu. À tout à l'heure.

Il sortit d'un pas hésitant, le scénario sous le bras. La journée commençait bien. Ce soir, il serait en pleine forme, baigné, rasé, maquillé, parfumé, la réplique qui tue à la bouche, le fume-cigarette en batterie. Pierre Brasseur, quoi.

Dalio vint plus tôt que prévu, vers 6 heures. Il était tombé dans la brillantine, et il avait un peu forcé sur le rimmel et le fond de teint. Il était content de me revoir – moi aussi – et il gesticulait en me racontant le tournage des *Amants de Vérone*, où lui et Brasseur jouaient deux salauds. « Comme d'habitude », dit-il, faussement résigné.

Je l'installai dans le canapé du salon avec le scénario, après l'avoir récupéré chez Pierre, qui dormait encore. Je me retirai dans ma chambre pour essayer de ne penser à rien. Dalio frappa à ma porte deux heures plus tard. Il avait le scénario à la main.

— Dis donc, dit-il en le tapotant, tu vas être épatant là-dedans, c'est du tout cuit. Viens dans le salon, Pierre est réveillé, il est en pleine forme.

— Ah, voilà la vedette, dit-il en me voyant. J'ai entendu ce que te disait Marcel. Il a raison. Si tu te fous dedans avec un rôle comme ça, tu n'as plus qu'à t'engager dans la Légion ou faire le tapin à Pigalle !

Ça partait très bien. Mes amis étaient assis, moi debout dans la peau d'un cancre face à deux professeurs peaux de vache.

— Sois naturel, dit Dalio, n'essaie pas de copier Gérard Philipe ou Daniel Gélin, qui est la vedette du film. Et ne te laisse pas emmerder par les jaloux, il y en a toujours.

— Oui, pas de pitié ! tonna Pierre en finissant son

verre. Dînons d'abord, ensuite on t'apprendra à bouger et à marcher devant une caméra. C'est autre chose que de se retrouver dans une chambre avec la secrétaire de son producteur !

Ainsi, il savait à propos de Josiane. Sacha Gordine était au courant et ne s'était pas privé d'affranchir son ami Pierre sur les agissements de son protégé. Pierre rigolait en me regardant.

— Ne t'inquiète pas. C'est fini depuis longtemps entre Sacha et celle que tu prends pour Rita Hayworth. J'ai dîné avec lui récemment, il m'a raconté ça pour me faire marrer, c'est tout. Espèce de salaud, tu as eu plus de chance que moi, je n'ai jamais réussi à décrocher un rendez-vous. Elle me l'a dit carrément, je ne suis pas son genre. Merde alors, on est le genre de tout le monde quand on est une vedette ! s'exclama-t-il en vidant un nouveau verre.

— Une ex-vedette, dit Dalio.

Pierre l'injuria.

La cuisinière de Brasseur avait bien fait les choses, comme d'habitude. Soufflé, côtes d'agneau, mousse au chocolat. Dans nos verres, du margaux. On ne parla pas du film jusqu'à notre retour dans le salon, où les deux amis entreprirent de me « dégrossir ».

À 2 heures du matin, les carottes étaient cuites, comme nous. Le maquillage de Dalio coulait, Brasseur rejouait une scène de *Quai des brumes* et moi, j'étais déjà en haut de l'affiche.

VII

Jack Landau, le représentant de Warner Bros à Paris, m'appela le lendemain matin rue Saint-Georges où j'étais venu voir si j'avais du courrier.

— Je vous ai réservé une chambre à l'hôtel Lancaster, rue de Berri, à partir du mercredi 8, la veille du retour de M. Welles. D'autre part, David Warner m'a chargé de vous remettre un chèque pour vos avances sur frais. Vous pouvez venir le chercher quand vous voulez.

L'après-midi, j'allai faire la connaissance de Jack Landau à son bureau. Avec son sourire dentifrice et ses manières directes, il aurait pu être le jumeau de David Warner. Lui aussi parlait un bon français car, m'expliqua-t-il, « ma mère est française et mon père américain. Je suis né d'un flacon de 5 de Chanel et d'un Coca-Cola ! ». Il s'esclaffa, content de sa plaisanterie qu'il avait dû servir quelques centaines de fois. Il était sympathique, le fils de Coca-Chanel.

Je téléphonai à Brasseur pour le tenir au courant et lui dire que je passerais chez lui pour récupérer des vêtements que j'avais laissés dans ma chambre.

J'avais complètement oublié les essais que je devais faire pour *Rendez-vous de juillet*. Je n'avais aucune nouvelle de la production. On ne voulait plus de moi ?

J'eus l'explication de ce silence le lendemain. Le téléphone sonna vers midi.

— Allô ! Monsieur Dracéna ? Ne quittez pas, je vous passe M. Becker.

— Bonjour, c'est Jacques Becker à l'appareil.

Sa voix était calme, plutôt amicale.

— Pardon de ne pas vous avoir appelé plus tôt, mais la situation était compliquée. Je vais vous parler franchement : l'acteur dont vous deviez reprendre le rôle est revenu. Il m'a fait des excuses, il avait eu des ennuis dans sa vie privée. J'ai passé l'éponge et je l'ai repris, d'autant que nous étions liés par un contrat. Je suis absolument désolé, mais bien que je ne vous aie fait aucune promesse ferme, je me sens redevable envers vous. Aussi, je voudrais vous demander si vous accepteriez d'être la doublure de Daniel Gélin pendant tout le tournage ? Vous ne gagneriez pas une fortune, mais ce serait pour vous l'occasion de voir travailler des comédiens sur un plateau de cinéma. Enfin, je dois vous dire que Daniel, qui vous trouve très sympathique, espère que vous direz oui. Voilà, la balle est dans votre camp.

Je l'avais écouté parler. J'appréciais sa franchise et j'avais envie d'accepter tout de suite, mais je ne voulus pas avoir l'air de me précipiter. Je dis à Jacques Becker que je lui donnerais ma réponse dans deux jours.

Doublure de Daniel Gélin. Rien d'autre à faire que d'être sur le plateau, de le remplacer pour la mise au point des éclairages, de côtoyer des comédiens qui me plaisaient et… aucun texte à dire. Mais il y avait cette proposition de David Warner qui me demandait d'être l'homme de confiance d'Orson Welles à Paris, et qui m'introduirait dans le monde du cinéma américain. Mon choix, en réalité, était fait puisque je m'étais engagé auprès de David. Deux jours plus tard, je téléphonai à Jacques Becker pour lui dire que sa première proposition étant tombée à l'eau, j'avais pris entre-temps des engagements qui venaient d'être confirmés, et que je ne pouvais donner suite. Becker, toujours courtois, me dit qu'il était « profondément désolé » et qu'il ne manquerait pas de m'appeler pour son prochain film. Tout cela finissait pour le mieux, nous étions entre gens bien élevés, lui en tout cas.

Je téléphonai à Pierre pour lui dire que finalement je renonçais à *Rendez-vous de juillet*. J'eus droit à un commentaire signé Brasseur : « Ils l'ont échappé belle ! »

***

J'allai chercher les photos de Josiane que j'avais données à développer. Je faillis m'exclamer tout haut dans la rue : « Il faut que je les montre à Orson ! » Elle était superbe en « Gilda » dans les jardins des Champs-Élysées. J'eus envie de voir tout de suite le visage de Josiane lorsqu'elle les découvrirait. Je téléphonai à son bureau où l'on me dit qu'elle ne travaillait pas aujourd'hui. Elle était chez elle, souffrante.

— Viens, dit-elle simplement lorsque je l'appelai.

Josiane habitait un studio rue de Saussure, dans le 17e. J'y avais déjà passé quelques nuits. C'était confortable, la décoration faisait un peu pute, ce qu'elle n'était pas. Elle m'attendait en déshabillé. Elle n'avait pas l'air très souffrante. Il était 4 heures, les rideaux étaient tirés, des bougies éclairaient doucement la pièce, une bouteille de champagne attendait dans un seau rempli de glaçons. Je commençai par lui montrer les photos.

— C'est moi, là ? Personne ne m'a jamais photographiée comme ça, tu es fou. En réalité, tu es amoureux de la vraie Rita, avoue !

Je me défendais mollement. Elle riait. Comme c'était facile avec Josiane ! Elle ne posait pas de questions sur mes activités. Elle avait raison. À quoi auraient servi des explications compliquées et malhonnêtes, d'où j'aurais supprimé tout ce qui était « gênant », les bagarres, le sang, la mort ?

***

J'emménageai au Lancaster. Ma vieille valise jurait avec le décor chic. Tant pis, il faudrait qu'ils s'y fassent, j'étais là pour un moment et pas d'humeur.

— Votre chambre est prête, monsieur Dracéna. Vous êtes au 527, en face du 518, la suite de M. Welles, que nous attendons demain.

Le réceptionniste avait les yeux fuyants et l'envie de me montrer que je n'allais pas avec l'hôtel, mais j'étais protégé par le paratonnerre Orson Welles, ce qui avait dû le faire réfléchir.

Ma chambre donnait sur une jolie cour intérieure. Je rangeai mes quelques vêtements dans un grand placard. La salle de bains était luxueuse, le lit confortable. C'était parfait. Il y avait un poste de radio en bakélite sur la table de nuit. Je l'allumai au hasard : impossible de trouver du jazz sur le cadran – Miles Davis, Charlie Parker, inconnus au bataillon. J'éteignis le poste au moment où ces pauvres Compagnons de la chanson entamaient « Mes jeunes années ». Qu'ils se les gardent ! Je m'endormis très tard après avoir passé ma vie en revue en compagnie de la bouteille de whisky que j'avais fait monter.

VIII

— Monsieur Dracéna ? C'est la réception. Vous dormiez, excusez-moi. M. Welles me prie de vous faire savoir qu'il voudrait vous voir dans sa suite à 16 heures.

Orson était rentré et je n'avais rien entendu. Je rappelai le réceptionniste qui me dit que « M. Welles était rentré hier soir après minuit et qu'il était sorti ce matin à 9 heures. Il avait l'air pressé ».

Que s'était-il passé ? Pourquoi ce retour plus tôt que prévu ? J'eus la réponse plus tard dans l'après-midi, lorsque je frappai à la porte de la suite 518. Orson vint m'ouvrir. Il était très élégant dans un costume gris foncé qu'il portait sur une chemise à rayures, rehaussée d'un nœud papillon à pois. Mais il ne souriait pas.

— Entrez, Jérôme. Un whisky ? Il y a eu un petit changement de plan. J'ai pris l'avion du soir qui arrive vers minuit à Orly et je n'ai pas voulu vous réveiller en arrivant à l'hôtel à 1 heure du matin. Je suis rentré plus tôt à Paris pour voir un producteur qui m'avait appelé à Rome. Il est intéressé par un film que je veux réaliser depuis longtemps, et il ne pouvait me voir que ce matin, car il part en voyage ce soir.

Orson resta silencieux pendant ce qui me parut une

éternité. Il n'avait pas l'air heureux et semblait hésiter à me parler. Il se retourna, prit une grande enveloppe beige sur la commode et me la tendit.

— Cette enveloppe m'attendait à la réception. Elle a été déposée à l'hôtel pendant mon absence. Ouvrez-la.

Au poids, je devinai qu'elle contenait des photos. Il y en avait une dizaine. Certaines avaient été prises dans une boîte de nuit, en Amérique me sembla-t-il, d'après le décor et les gens qu'on voyait au second et au troisième plan. Au premier plan, on voyait Orson en smoking, assis à une table avec une très jolie femme brune. Ils buvaient du champagne et riaient. Sur d'autres, Orson et la femme brune s'étaient rapprochés, leurs regards avaient changé et ils se tenaient les mains.

Ensuite, deux photos du couple en train de sortir de la boîte, qui s'appelait Ciro's. Orson avait passé son bras autour de la taille de la femme brune. Il lui ouvrait la portière d'une Cadillac avant de se mettre au volant. La série était complétée par trois autres photos du couple prises de loin, où on les voyait entrer dans une belle maison blanche entourée de fleurs et de palmiers.

C'était clair. J'avais déjà eu à traiter ce genre d'affaire. Il fallait d'abord attendre que le maître chanteur sorte du bois.

Je regardai Orson.

— Il y en a d'autres ?

— Oui, mais moins... habillées. Je sais qu'elles ont commencé à circuler à Hollywood. Vous avez droit à une explication. La jolie femme sur la photo s'appelle Dolorès Del Rio. C'est une star en Amérique, mais elle n'est pas encore très connue en France.

Il sourit.

— Il y a quand même un côté comique dans cette histoire. Dolorès Del Rio a laissé tomber pour moi Victor Mature, un acteur du type bellâtre, et moi, plus tard, j'ai laissé tomber Dolorès pour Rita ! Elle était folle de rage à l'époque, mais je ne la vois pas derrière un chantage, puisque la publication des photos lui ferait autant de tort qu'à moi.

— Donc, le photographe serait un indépendant qui agit seul ou qui a été mandaté par quelqu'un. C'est ça ?

— Oui, dit Orson, mais il faudrait agir vite, car il y avait aussi ce message avec les photos.

Il déplia une page de papier blanc sur laquelle était écrit « *TO BE CONTINUED* » en lettres capitales. « À suivre », traduisit Orson, qui se tourna brusquement vers moi et posa son verre sur une table basse. Puis il se leva.

— Pardonnez-moi, je suis très fatigué. On en reparlera demain matin, si vous le voulez bien.

Il semblait préoccupé lorsque je sortis de chez lui. Que s'était-il passé à Rome ?

Le lendemain, lorsque j'entrai chez Orson à 11 heures, je le trouvai dans une robe de chambre damassée en train de prendre son petit déjeuner, l'équivalent pour moi d'un déjeuner : quatre œufs au plat au bacon, un régiment de saucisses, des toasts, un panier de croissants et beaucoup de confitures.

— Ces lettres anonymes me donnent faim, dit-il en vidant une tasse de thé. Justement, j'en ai une nouvelle à vous montrer. Les gens ne peuvent plus se passer de moi !

Il n'avait plus son air soucieux de la veille, il était même jovial. Il fouilla dans un tas de journaux à côté de lui et en tira une feuille de papier pliée en quatre. Je la dépliai et lus sans comprendre : « *Arise, black vengeance, from thy hollow cell !* »

— « Lève-toi, noire vengeance, sors de ton antre creux ! » traduisit Orson, Othello à Iago, à la fin du troisième acte.

Il me regardait tout en allumant un cigare.

— Le meilleur moment pour fumer, juste après le petit déjeuner, dit-il. Malheureusement, les femmes n'aiment pas ça, alors il vaut mieux les voir plus tard. Vous savez ce que mon ami Groucho Marx, qui fumait huit cigares par jour, a répondu à sa femme qui le sommait de choisir entre elle et le cigare ? « Nous nous quitterons bons amis ! »

Il émit une sorte de barrissement.

Je le trouvais de bien bonne humeur pour quelqu'un qui venait de recevoir une nouvelle lettre de menaces. Je lui demandai s'il avait une idée de l'auteur.

— J'ai un nom en tête. Everett Sloane, qui joue Bernstein dans *Citizen Kane* et l'avocat Bannister dans *La Dame de Shanghai*. En réalité, il aurait voulu avoir le rôle principal que je jouais dans les deux films. C'était impossible, bien sûr, mais il m'en a beaucoup voulu. Ensuite, il a espéré que je le prendrais pour jouer Iago dans *Othello*, mais j'ai préféré engager un très bon acteur de théâtre irlandais, de Dublin, Micheál MacLiammóir. Micheál est homosexuel – j'aurais voulu que vous le voyiez dans les rues de Dublin avec sa perruque, son maquillage orange et son rimmel qui coulait ! – et Everett a fait courir le bruit qu'il se passait quelque chose entre lui et moi. Il y a des gens qui l'ont cru : quand je suis avec un homo, je joue à l'homo !

Nouveau barrissement. Orson s'était animé et en remettait en voyant que je riais. Il reprit son sérieux.

— Everett connaît *Othello* par cœur, d'où peut-être cette réplique d'Othello à Iago, mais c'est un type bien qui ne s'abaisserait pas au chantage. Enfin on ne sait jamais, gardez tout de même ça en mémoire. Il faut que vous compreniez bien, Jérôme, qu'*Othello* est d'une grande importance pour moi. J'ai mis quatre ans à le réaliser avec des tournages arrêtés par manque d'argent et des compromissions pour en trouver. Aujourd'hui, j'en suis au montage et tout obstacle sur mon chemin me porterait un coup fatal.

Il ne plaisantait plus. Il avait laissé s'éteindre son cigare, son visage était grave. Je me sentis mal à l'aise et impuissant. Il le comprit très vite et il se détendit.

— Ce que vous avez à faire n'est pas facile, *dear boy*. On ne sait pas si le maître chanteur va envoyer d'autres photos avec des instructions sur ses exigences. On ne sait pas s'il est français ou américain, si c'est un homme ou une femme.

— Et s'il n'y avait qu'une seule et même personne derrière les photos et la citation d'*Othello* ?

— Je n'y avais pas pensé, mais c'est à envisager, dit Orson en se levant – il avait allumé un autre tronc d'arbre. Je vais être très occupé aujourd'hui, je dois voir des amis parisiens ce soir et je ne repasserai pas à l'hôtel avant le dîner. Surtout, restez en contact avec Orlando. Il faut aussi que vous sachiez que je serai à Rome à partir de demain soir pour deux jours.

— Mais vous venez à peine de rentrer, Orson ! Et le montage d'*Othello* ?

— Silence, mon jeune ami !

Il déclama :

— « Quand Desdémone appelle, Othello obéit ! »

Je sortis perplexe de chez Orson. Il avait l'air inquiet, mais pas très inquiet. Pourquoi ? Qui était la Desdémone romaine ? Le puzzle que j'essayais d'assembler était toujours en vrac. Que savait Guido Orlando, lui qui connaissait Orson depuis longtemps ?

Un mystère entourait le personnage d'Orson, quelque chose d'indéfinissable que je ne parvenais pas à cerner. Orson était un maître de l'illusion, même s'il présentait sa passion comme de la simple magie. Son discours vous enveloppait, vous anesthésiait. Les voyous de Pigalle auraient dit de lui qu'il était un « enfumeur de première », mais il était Orson Welles, avec ses zones d'ombre.

Peut-être qu'en faisant parler Orlando… ? Il était très pris, mais il serait heureux de dîner avec moi, me dit-il au téléphone. Il avait beaucoup de choses à me raconter, il m'attendrait à 8 heures au bar de son hôtel.

Je réalisai combien le phénomène Orson Welles bouleversait ma vie lorsque je m'aperçus que j'avais oublié de téléphoner à Josiane, à qui j'avais promis de dîner. L'esprit ailleurs, j'écoutai ses reproches pendant un bon moment, je la priai plusieurs fois de me pardonner, mais le flot de ses paroles continuait et je raccrochai. Je m'excuserais un autre jour.

IX

Je ne fus pas déçu lorsque je retrouvai Guido Orlando au bar du Berkeley : chaussures bicolores, cette fois noir et blanc, costume gris foncé à grosses rayures, une bague en or à la main gauche, la moustache noir charbon. Un paon haut comme un tabouret de bar. J'avais développé une certaine sympathie pour lui ; un homme qui aimait Orson Welles ne pouvait pas être complètement mauvais. Et lui n'avait plus l'air de vouloir me tenir à distance. Nous adorions la même idole.

Après quelques verres au bar, de l'eau minérale pour lui, où la conversation resta banale, Orlando proposa de m'emmener dans un restaurant italien de la rue du Colisée où, dès son entrée, je vis qu'il était chez lui. Il y avait des types qui, eux aussi, portaient des chaussures bicolores et une bague en or, mais ils étaient plus grands, plus intimidants que Guido Orlando.

Il connaissait tout le monde et la carte par cœur.

— Laissez-moi faire, dit-il.

Il appela le patron et commanda en italien. Guido se pencha vers moi.

— Je suppose que vous voulez savoir qui est Desdémone ? Elle s'appelle Léa Padovani. Elle vit à Rome. C'est une belle actrice italienne qu'Orson avait choisie lorsqu'il cherchait celle qui jouerait Desdémone dans *Othello*, mais elle ne parlait pas assez bien l'anglais. Ensuite, Orson a envisagé plusieurs actrices, Betsy Blair, votre compatriote Cécile Aubry et d'autres, mais personne ne lui convenait. Finalement, c'est Suzanne Cloutier, une Canadienne, qui a eu le rôle, mais Orson est toujours amoureux de Léa, il n'a rien d'autre à faire à Rome que de passer son temps avec elle.

Après avoir porté à sa bouche une tonne de spaghettis, Orlando posa sa fourchette et se mit à rire.

— Quand Orson est arrivé à Rome l'année dernière pour tourner *Cagliostro* – encore un film qu'il a fait pour financer *Othello* –, il s'est aperçu qu'il avait oublié à Hollywood les faux nez qu'il devait porter dans le film. Vous savez qu'Orson est très complexé par son nez qu'il trouve trop petit, trop mignon et qui lui donne un air de bébé. Finalement, l'un de ses assistants à Hollywood lui a fait parvenir un colis de faux nez en précisant que « si Orson faisait attention en les retirant, il pourrait s'en servir sept ou huit fois ! ».

Orlando riait toujours.

— Alors, évitez de lui parler de son nez si vous ne voulez pas le mettre de mauvaise humeur !

C'est vrai qu'il avait l'air d'un gros bébé, Orson, mais un gros bébé diabolique.

Orlando ne buvait pas, mais il fit une exception à la fin du dîner pour un verre de limoncello qu'il vida d'un trait.

— Récapitulons. D'où peut venir le danger ? J'éliminerais tout de suite Rita qui n'en veut pas assez à Orson pour vouloir lui nuire. Je vois deux suspects possibles. Louella Parsons qui poursuit Orson de sa haine depuis *Citizen Kane*, et l'homme dont la femme s'est suicidée pendant « La Guerre des mondes ». Quant aux photos avec Dolorès Del Rio, il pourrait s'agir d'une troisième personne qui n'a rien à voir avec les autres, mais je pencherais plutôt vers l'un des deux premiers suspects.

Je dis à Guido qu'avant de partir Orson avait donné des ordres au Lancaster pour que j'aie un double de la clé de sa chambre et l'autorisation d'y pénétrer jour et nuit.

— C'est une bonne idée, dit-il d'un ton neutre.

Il me regardait avec un air légèrement ironique, à moitié caché derrière un nuage de fumée. Il avait allumé l'un des cigares que devait lui offrir Orson. Moi aussi je le regardai, en me demandant s'il en savait plus que ce qu'il m'avait confié à table.

***

Jack Landau me téléphona pour me dire qu'Orson prolongeait son séjour à Rome de deux jours. Encore Desdémone. La veille de son retour, lorsque je rentrai au Lancaster après un dîner arrosé chez Brasseur, le concierge me remit ma clé et, à ma demande, celle de la suite d'Orson. Il était 1 heure. L'hôtel s'était endormi. Je ne me déshabillai pas et tournai en rond dans ma chambre, en fumant cigarette sur cigarette et en réglant son compte à une nouvelle bouteille de whisky.

Deux heures. Je m'étais assoupi. Je me réveillai brutalement et restai immobile, une sonnerie d'alarme lointaine dans ma tête.

J'entendis le bruit étouffé d'une porte qu'on referme doucement et des pas rapides dans le couloir. J'ouvris brusquement ma porte. Celle d'Orson était fermée, quelqu'un au loin dévalait les escaliers. Je fonçai. J'entendis l'inconnu tomber et se relever entre le premier étage et la réception. Je passai en courant devant le concierge de nuit pétrifié pour arriver sur le trottoir. Une voiture démarrait en direction du faubourg Saint-Honoré, trop loin pour que je puisse relever le numéro de la plaque d'immatriculation.

De retour à la réception, je dis au concierge, toujours pétrifié, de ne pas s'inquiéter. Un visiteur avait tenté de s'introduire dans la suite de M. Welles mais, heureusement, j'étais arrivé à temps pour l'en empêcher. Tout finissait bien, il était inutile d'appeler la police. M. Welles tenait à la discrétion et puis ce ne serait pas très bon pour l'image du Lancaster, ni pour lui le concierge, puisque le cambrioleur avait réussi à s'introduire dans l'hôtel sans se faire remarquer.

— N'est-ce pas ? dis-je en poussant dans sa direction un joli billet de la Banque de France.

En remontant à pied, j'examinai chaque marche entre le rez-de-chaussée et le premier étage. À mi-chemin, je ramassai un objet dont la forme me rappela quelque chose : le Zippo de David Warner. Mais celui-ci était en laque rouge avec des initiales gravées : SN. Je le mis dans ma poche. Orson et Orlando auraient peut-être une idée sur son propriétaire.

La suite d'Orson était sens dessus dessous. Des papiers, des journaux, des invitations jonchaient le tapis du salon. Dans la chambre, le matelas était retourné, les draps et les couvertures dispersés aux quatre coins de la pièce. Les costumes avaient été fouillés, les chemises dépliées.

Je remis tant bien que mal en place les papiers et les invitations, rangeai les costumes et les chemises, refis grossièrement le lit et me laissai tomber dans un fauteuil, un verre du whisky d'Orson à la main.

Qu'est-ce que le visiteur nocturne cherchait ? Les photos ? Mais pour qui, puisqu'elles avaient déjà été envoyées à Orson par un maître chanteur ? Le type ne les aurait jamais trouvées, Orson m'avait demandé la veille de mettre au coffre de l'hôtel la grosse enveloppe beige qui abritait ses amours avec Dolorès Del Rio.

X

Orson me téléphona de l'aéroport en fin d'après-midi. Son avion venait d'atterrir. Il serait au Lancaster dans une heure.

Je décidai de l'attendre à la réception afin de le préparer au choc lorsqu'il apprendrait que sa chambre avait été cambriolée. J'étais en bas lorsque Orson fit son entrée, suivi par un groom qui portait ses trois valises.

Pourquoi trois valises pour passer deux jours à Rome ? Pour ses cigares peut-être. Ou bien ses faux nez. Le réceptionniste lui remit son courrier.

Il était rose comme un gros bébé à qui sa mère aurait donné un barreau de chaise au lieu d'une tétine. Il n'y eut pas de choc. Il était même enjoué dans l'ascenseur lorsque je le mis au courant.

— Les imbéciles ! Qu'est-ce qu'ils cherchaient ?

J'avais ouvert la porte de sa suite et il restait sur le seuil, en jetant un regard circulaire. La femme de chambre avait fait ce qu'elle avait pu, mais on voyait bien que la pièce avait été fouillée.

Orson m'écoutait tout en rangeant des papiers, tandis que je lui racontais la poursuite et la fuite du cambrioleur dans une voiture qui l'attendait plus loin, rue de Berri.

— C'est tout ? dit-il en versant du whisky dans deux verres.

J'étais surpris par son manque de réaction. J'avais imaginé une explosion de colère ou, au moins, un accès de mauvaise humeur.

— Non, ce n'est pas tout. Après la poursuite, en rentrant à l'hôtel, j'ai trouvé ceci dans l'escalier où notre visiteur était tombé en s'enfuyant.

Il prit le Zippo rouge que je lui tendais et se figea comme un chien à l'arrêt.

— Ça, c'est une trouvaille intéressante, Jérôme. Ce briquet est un Zippo spécial inspiré du modèle original et transformé en objet de luxe grâce à la laque rouge et aux initiales gravées. Qui est ce SN ? En tout cas, on sait maintenant que c'est un Américain, un Californien probablement, car on ne trouve ces Zippo que dans une bijouterie de luxe de Beverly Hills, où il faut les commander. Je vais demander à notre enquêteur à Los Angeles, Philip Marlowe, d'essayer de trouver l'identité de ce mystérieux SN. Peut-être est-il l'expéditeur des photos ?

Il était tout à fait détendu et, lorsqu'il entra dans sa chambre, il ne prit même pas la peine d'ouvrir les tiroirs de la commode, ni les portes de la penderie.

Il commença à trier son courrier en jetant par terre la plupart des lettres, sauf une enveloppe blanche sans timbre. Son nom était écrit en lettres capitales. Orson me regarda. Je lus dans son regard : « Encore une ! » Lorsqu'il l'ouvrit, une carte postale en couleurs tomba sur le tapis. Orson la ramassa et se rapprocha de moi pour que nous la lisions ensemble.

— Le type, si c'est l'homme au Zippo, est moins

chic que je ne le croyais, dit-il. On n'est plus à Beverly Hills ici, mais à Atlantic City dans le New Jersey, la ville du jeu et des gangsters.

Je me penchai sur la carte postale. Elle représentait une promenade en planches au bord d'une plage populaire envahie de baigneurs. Sur la droite, on distinguait un grand bâtiment, l'hôtel Chalfonte. En retournant la carte, je lus, écrit en majuscules à l'encre noire, « *REMEMBER* », suivi d'un gros point d'interrogation. Rien d'autre.

— Qu'est-ce que vous avez à me dire, Orson, sur cette carte d'Atlantic City ? Elle n'est pas arrivée par courrier normal, elle ne porte aucun timbre et il y a ce gros point d'interrogation. Ça signifie bien quelque chose pour vous.

— Oui. Souvenez-vous, je vous ai parlé de ce type dont la femme s'est suicidée à Atlantic City pendant mon émission « La Guerre des mondes », quand les gens du New Jersey, pris de panique, sont descendus par centaines dans la rue. Le mari m'a rendu responsable de la mort de sa femme et m'a menacé pendant longtemps avant d'être interné dans un hôpital psychiatrique. On m'a dit qu'il avait été libéré. Quelque chose a dû réactiver sa haine – il m'a peut-être vu dans *Cagliostro* ! dit Orson en éclatant de rire –, et maintenant, il recommence. Il devient peut-être notre suspect principal. Restons prudents. Demain, je vais travailler sur *Othello* à Antégor, une salle de montage dans le quartier du Trocadéro. J'aimerais que vous veniez avec moi. Nous aurons une voiture et un chauffeur.

— Une voiture et un chauffeur ?

— Oui. Avant de partir pour Rome, j'ai mis Jack Landau au courant de la situation. Il a eu le feu vert de Warner Bros pour qu'on mette à ma disposition une voiture et un chauffeur qui sera aussi, quand vous ne serez pas là, un garde du corps. Ce vol Rome-Paris m'a donné faim, *dear boy*. Je n'ai pas pu déjeuner tranquillement à bord, c'était immangeable. Un dîner à La Méditerranée s'impose, vous ne trouvez pas ?

Il n'attendit pas ma réponse.

— Je vais me changer, passez me prendre vers 8 heures.

XI

Encore un restaurant avec Orson. C'était comme un bureau où l'on « travaillait » en s'amusant, lui comme moi d'ailleurs. Je n'arrivais toujours pas à comprendre son apparent détachement face aux événements. Il semblait à peine inquiet, pourtant il avait accepté la présence d'un chauffeur garde du corps à partir du lendemain.

Quelque chose m'échappait. Chaque fois que nous passions de longs moments ensemble, j'en apprenais davantage sur lui, mais jamais assez pour le cerner complètement. Ça me changeait de Pierre Brasseur en qui je lisais comme dans un livre ouvert. Ce soir, peut-être, Orson laisserait tomber un petit morceau du masque, me disais-je en descendant du taxi, place de l'Odéon.

Je n'étais jamais allé à La Méditerranée. En entrant, je vis qu'Orson était chez lui : le personnel s'empressait, la patronne l'embrassait. Notre table était, bien entendu, la meilleure.

— Regardez autour de vous, dit Orson en s'asseyant. Dans quel autre restaurant trouverez-vous des fresques de Christian Bérard et de Vertès ?

Orson n'attendit pas la réponse, ce qui m'évita

de lui avouer que je ne savais pas qui étaient Bérard et Vertès.

— C'est Jean Cocteau – lui, je le connaissais, je lui avais été présenté par Arletty pendant l'Occupation – qui m'a emmené ici pour la première fois. Depuis, pas un séjour à Paris sans que j'y vienne en pèlerinage.

Le maître d'hôtel nous avait apporté des cartes mais, sans regarder, Orson commanda des rougets de roche au beurre d'anchois, des turbots grillés et une bouteille de chablis.

— Cela vous va, Jérôme ?

— Non, Orson. J'ai envie de cuisses de grenouilles, d'un lapin à la moutarde et de boire du bourgogne.

— Mais non, *dear boy*, c'est de la nourriture pour Français moyen, suivez les conseils de l'oncle Orson.

Une fois de plus, il m'avait eu par le rire.

— Orson, est-ce qu'on peut parler sérieusement pendant quelques minutes ?

— Nous sommes là pour ça, Jérôme. Parler. Mais d'abord, buvez un verre de cet excellent chablis, dit-il en prenant la bouteille des mains du serveur.

Ah bon, c'était comme ça. Je vidai mon verre cul sec et le lui tendis pour qu'il le remplisse à nouveau. Il se mit à rire.

— Bon, allez-y, je vous écoute, mais si les rougets arrivent, je ne les ferai pas attendre !

— L'ennemi est dans l'ombre, Orson, et nous avons du mal à l'identifier. On peut soupçonner tout le monde. Il faut qu'on réduise la liste à un ou deux noms et se concentrer sur eux. Everett Sloane qui n'a pas pu avoir le rôle dans *Othello* ? Nous l'avons éliminé. Reste le plus dangereux à mes yeux, le mari de la femme suicidée qui a juré de se venger. Le bruit qui a été fait autour d'*Othello*, vos déclarations dans la presse sur l'importance que ce film a pour vous peuvent avoir réactivé sa haine. Et n'oubliez pas Louella Parsons.

Mes rougets étaient froids. Orson avait englouti les siens et je sentais qu'il attendait l'arrivée du turbot grillé avec impatience. Il prit quand même la peine de réagir.

— Les photos avec Dolorès Del Rio, ma chambre fouillée, quelle est l'explication ?

— C'est probablement un maître chanteur qui va vous demander de l'argent en agitant la menace de la publication dans des magazines à scandale d'un deuxième jeu de photos plus compromettantes. Pendant sa visite nocturne au Lancaster, il a cherché des documents qu'il n'a pas trouvés et dont vous ne m'avez peut-être jamais parlé. À mon tour de vous poser une question à propos de Louella Parsons : pourrait-elle, selon vous, être derrière les photos de Dolorès Del Rio ?

— Je ne sais pas. Elle est vieille mais elle est toujours aussi méchante. Pendant un moment, j'ai pensé à sa concurrente, Hedda Hopper, qui travaillait pour le *Los Angeles Times*. Être traqué par ces deux harpies, à Hollywood, c'était tomber entre les mains de Lucrèce Borgia et Lady Macbeth !

Il rugit en versant dans son verre ce qui restait du chablis et je sentis que j'allais avoir droit à quelques anecdotes hollywoodiennes. J'avais raison. Avec moi, Orson tenait son public.

— Pour vous résumer le personnage de Hedda, c'était une ancienne actrice ratée qui avait fini par devenir l'une des deux femmes – l'autre étant Louella – les plus redoutées de Hollywood. Toutes les deux faisaient chanter les acteurs et les actrices sous peine de publier des informations gênantes sur leur vie privée. Hedda habitait une jolie maison à Beverly Hills qu'elle présentait comme « la maison bâtie sur la peur ». À la sortie de *Citizen Kane*, elle a écrit que c'était « une attaque vicieuse et irresponsable contre un grand homme » et, quand je l'ai rencontrée, elle m'a menacé en me disant : « Vous ne vous en tirerez pas comme ça ! » Certaines vedettes se sont rebellées. Ann Sheridan lui a renversé un plat de purée sur la tête, mon ami Joseph Cotten, qui joue le journaliste dans *Citizen Kane*, lui a mis un coup de pied aux fesses au cours d'une soirée, et Joan Bennett, que Hedda avait attaquée dans sa chronique, lui a fait livrer un putois vivant dans un carton à chapeau avec une carte qui disait : « Un petit cadeau qui me fait penser à vous : il pue ! » Le lendemain, Hedda a raconté l'histoire dans le *Los Angeles Times* et annoncé qu'elle avait baptisé le putois « Joan » !

En bon comédien, Orson attendit que j'aie fini de rire. Il avait de la chance, il pouvait manger et raconter des histoires en même temps. Moi, je ne savais qu'écouter. Mon turbot froid avait rejoint mes rougets froids. Mon dîner se résumait à quelques verres de chablis et deux morceaux de pain qui avaient échappé à Orson.

— Hedda m'a beaucoup attaqué à propos de *Citizen Kane* et de Rita, puis elle m'a un peu oublié lorsqu'elle s'est mise à écrire des horreurs sur Charlie Chaplin. Aujourd'hui, elle est sur le déclin : je ne la retiendrais pas comme suspecte. On raye Hedda de la liste, dit-il en tirant un tronc d'arbre d'un étui, mais on garde Louella.

— Je ne pense pas que vous aurez un autre visiteur ce soir, Orson, mais enfermez-vous et n'ouvrez qu'à moi. Demain, j'irai avec vous à la salle de montage. Je veux voir à quoi ça ressemble, qui sont les gens qui travaillent autour de vous. Et aussi faire la connaissance de votre chauffeur.

— Il paraît que c'est un vrai costaud, dit Orson. Méfiez-vous !

— Les costauds ne pratiquent pas la boxe française comme moi, Orson. On les descend d'un seul coup de pied.

Il souffla un nuage dans ma direction.

— Ho, ho, ho, *dear boy*, nous verrons ça. En attendant cette rencontre historique, donnez-moi l'addition, dit-il au maître d'hôtel.

Dans le taxi qui nous ramenait au Lancaster, Orson chantonnait en tirant sur son cigare. Il s'arrêta net et se tourna vers moi, soudain sérieux.

— Vous savez, Jérôme, il me faudrait un metteur en scène pour diriger ma vie.

Il me regarda longuement, puis il rugit.

XII

Le journal que j'avais demandé avec mon petit déjeuner était devant moi, ouvert à la page « Spectacles ». On annonçait, dans les nouveaux films de la semaine, *Le Troisième Homme*, avec Orson Welles. Je sursautai : comment était-il possible que, depuis que nous nous connaissions, Orson ne m'ait jamais parlé de ce film ?

J'avais rendez-vous avec Orson plus tard dans la matinée, mais je ne pouvais pas attendre. Je m'habillai rapidement et débarquai chez lui après avoir frappé sans attendre la réponse.

Il était en pyjama dans son lit en train de lire le *Daily Mail*. Autour de lui, d'autres journaux anglais aux pages éparpillées, le *Times* et le *Daily Express*.

Orson leva la tête, il souriait jusqu'aux oreilles.

— Orlando a laissé ces journaux à la réception ce matin pour qu'on me les remette. Regardez, la presse est unanime !

Il me montra des titres en anglais que je ne compris pas au-dessus de sa photo.

— *Le Troisième Homme !* s'exclama-t-il. Et dire que j'ai hésité à le faire !

Devant mon air incrédule, il s'arrêta net, se frappa le front et prit un air coupable.

— Jérôme ! Pardon, c'est affreux, je réalise que je ne vous en ai jamais parlé. C'est invraisemblable, je n'arrive pas à m'expliquer pourquoi. Ou plutôt, si : je suis tellement obsédé par *Othello* que plus rien d'autre ne compte. Encore pardon. Mais aujourd'hui, au moment où *Le Troisième Homme* sort, je réalise combien ce film peut être important pour moi. Mon rôle n'est pas long mais il est très fort, un rôle qui restera dans les mémoires. Le film a été montré à la presse anglaise il y a deux jours et voilà le résultat, dit-il en montrant les journaux étalés devant lui. Il faut que je vous raconte comment j'ai été amené à faire *Le Troisième Homme* et…

Il s'interrompit brusquement.

— Tout ce que je pourrais vous raconter n'aura aucun sens si vous n'avez pas vu le film. Je n'ai pas besoin de vous pour aller au montage, le chauffeur sera avec moi toute la journée. Allez voir le film cet après-midi et on en parlera à mon retour, avant le dîner. Après, vous aurez quartier libre, je dois voir des journalistes qui veulent me dire combien ils m'admirent !

Ce changement m'allait très bien. Je descendis dans la rue pour voir la tête du chauffeur et faire sa connaissance. Il était devant l'hôtel, en train de passer une peau de chamois sur le capot d'une Lincoln Continental. Il se retourna. Je le regardai tandis qu'il s'avançait vers moi. Il me rappela un tracteur gros modèle. Il craquait dans son uniforme de chauffeur. Il avait une tête carrée, pas de cou, de petits yeux durs et une bouche très mince qui s'entrouvrit brièvement pour dire :

— Salut, moi c'est Robert.

— Et moi, c'est Jérôme.

Il me jaugeait. Moi aussi.

— Tu viens avec nous à Antégor ?

Tutoiement direct, comme un voyou ou un flic qui en devine un autre.

— Non, j'ai du travail ici pour M. Welles. Je n'ai pas besoin de te recommander de faire gaffe.

— Je sais ce que j'ai à faire, on m'a prévenu.

— Je suis content de te l'entendre dire, Robert. À ce soir.

Il ne répondit pas et se remit à passer la peau de chamois sur la voiture. Je ne le sentais pas très bien, ce Robert. J'eus envie d'en savoir plus sur lui très vite.

***

On donnait *Le Troisième Homme* au Paris, en bas des Champs-Élysées. Je déjeunai d'un sandwich pour ne pas rater la première séance.

Cette fois, Orson n'était plus derrière la caméra, mais devant. Dès les premières images du film, j'eus l'impression qu'il aurait pu en être aussi le réalisateur. L'atmosphère mystérieuse de Vienne en ruines après la guerre, les personnages inquiétants, la musique lancinante, la photo, j'étais déjà cloué dans mon fauteuil avant l'apparition d'Orson dans le rôle du trafiquant, Harry Lime. On le découvrait dans une rue sombre, un chat à ses pieds, figé dans la lumière d'un projecteur. Ce regard ! Je le connaissais maintenant par cœur, il en usait et en abusait avec ceux qu'il voulait séduire ou détruire. Je restai à la seconde séance. En sortant, je connaissais le film par cœur, j'étais prêt à affronter Orson.

Je rentrai au Lancaster poursuivi par le thème obsédant de la musique du film jouée à la cithare, et les yeux d'Orson. Je restai étendu sur mon lit jusqu'à 8 heures, à refaire le film dans ma tête. Quand j'entrai dans la chambre d'Orson, je vis qu'il avait sa tête des mauvais jours. Il était en train de se servir un whisky bien tassé.

— Qu'est-ce qui ne va pas, Orson ? Ça ne s'est pas bien passé à Antégor ?

— Non, ça ne s'est pas bien passé, comme vous dites. Pendant que je déjeunais avec ma monteuse dans un bistrot voisin, quelqu'un est entré dans l'immeuble et a tenté de mettre le feu à la salle de montage, après avoir fracturé la porte. Le chauffeur, qui était resté dans la maison, a senti une odeur suspecte. Il s'est précipité et il a vu un type s'enfuir par la fenêtre qui donne sur la rue Beethoven, mais il n'a pas pu le rattraper. Si vous voulez des détails, Robert vous en donnera, il est encore en bas devant l'hôtel.

Il se laissa tomber dans un fauteuil sans me regarder. Je trouvai Robert devant l'hôtel, debout à côté de la Lincoln, les bras croisés.

— Alors ?

Ses petits yeux fuyaient les miens.

— Alors, rien. J'étais resté sur place pendant que M. Welles était parti déjeuner. Quand j'ai senti une odeur de brûlé, je me suis précipité. La porte avait été fracturée et des journaux avaient commencé à cramer dans une corbeille à papier, mais le feu n'avait pas pris. Y avait un mec qui s'enfuyait dans la rue, j'ai couru derrière lui, mais il était plus rapide que moi. Il est entré dans les jardins du Trocadéro, et là, je l'ai perdu. T'aurais pas fait mieux que moi, mon pote, le type était un avion.

Il me défiait. J'eus envie de lui conseiller de manger moins de pommes de terre et de boire moins de bières s'il voulait rattraper un avion, mais il n'aurait pas compris.

— Le type, il ressemblait à quoi ?

— Blond, à peu près ta taille. L'habillement, j'ai pas remarqué, sauf qu'il portait des chaussures de basket.

— Bon, ça va, mais fais attention demain. Et ce soir, débrouille-toi pour rester à portée de voix de M. Welles. C'est clair ?

Il ne répondit pas. Il ruminait son échec et il n'aimait pas que je lui donne des ordres.

Orson ne m'avait pas attendu, lorsque je remontai chez lui, pour se servir un deuxième verre, mais cette fois, il me proposa de l'accompagner. Il semblait plus détendu.

— Vous avez eu peur ?

— Oui, même si je n'ai rien vu sauf des papiers brûlés. Par miracle, la pellicule n'a pas été endommagée, mais je n'aurais pas voulu être là lorsque le type a fracturé la porte. C'est grâce à Robert si ça ne s'est pas mal terminé, sinon…

— On a voulu vous intimider, Orson, pas vous tuer. En réalité, vous auriez gêné le type s'il était tombé sur vous. Il y a un lien entre les derniers événements : vous n'avez jamais été agressé physiquement. Votre chambre est fouillée pendant que vous êtes à Rome, pas à Paris. Vous n'êtes pas dans la salle de montage quand on y met le feu. Vous recevez des lettres bizarres avec des citations de Shakespeare, mais les menaces ne vont pas plus loin. On dirait qu'on vous épargne délibérément.

— Vous vous trompez, Jérôme. Les gens qui sont derrière tout ça ne s'arrêteront pas là. Ce sont les hors-d'œuvre qu'on nous a servis.

Je vis qu'il avait envie de changer de sujet de conversation. De parler du *Troisième Homme*, sûrement.

***

J'avais vu juste. Lorsque je lui dis que j'étais allé voir le film l'après-midi même et que j'étais resté aux deux séances, son visage s'éclaira. Sans attendre que je lui pose des questions, il dit :

— Au départ, lorsque Carol Reed, le metteur en scène, m'a fait lire le scénario, j'ai accepté de le faire pour gagner de l'argent pour *Othello*, mais au fur et à mesure du tournage, j'ai senti que ce serait un très bon film. Je n'apparais qu'aux trois quarts de l'histoire, mais on parle de mon personnage, Harry Lime, depuis le début. Il est omniprésent, il fascine avant même qu'on le découvre dans cette scène superbe sur le seuil de sa porte, un chat à ses pieds. Vous savez que j'ai écrit tous mes dialogues ? Y compris celui de la fin où je dis : « En Suisse, ils ont eu l'amour fraternel, cinq cents ans de démocratie et de paix, et qu'est-ce qu'ils nous ont donné ? La pendule à coucou ! » C'était risqué, je suis sûr que les Suisses vont mal réagir, mais Carol Reed était d'accord, il ne m'a pas demandé de couper. On verra bien. D'autant, ajouta-t-il en commençant à rire, que la pendule à coucou a été inventée en Bavière, on a découvert ça plus tard ! Je n'ai pas de secrets pour vous, Jérôme…

Il vit à mon expression que je n'en croyais pas un mot.

— La production m'a donné à choisir entre un cachet de 100 000 dollars et 20 % des recettes. J'avais besoin de cet argent tout de suite pour *Othello*, alors j'ai choisi les 100 000 dollars. J'espère que le film va marcher, mais pas trop !

XIII

Profitant de sa bonne humeur, je demandai à Orson de m'excuser un instant, le temps d'aller jusqu'à ma chambre et de revenir. Il eut l'air intrigué. Il ne savait pas ce qui l'attendait. Chez moi, je pris l'enveloppe qui contenait les photos de Josiane et retournai chez Orson. Il me regardait avec curiosité. Comment allait-il réagir en découvrant un sosie de Rita Hayworth ? Je faisais semblant d'hésiter à lui donner l'enveloppe.

— Qu'est-ce que vous avez dans cette enveloppe, que vous essayez en vain de me cacher ?

— Ce sont des photos d'une femme que j'hésite à vous montrer. Elle pourrait peut-être vous donner l'envie de refaire *Othello* avec elle en Desdémone ou une suite de *La Dame de Shanghai* !

Il m'arracha l'enveloppe des mains et l'ouvrit. Combien de temps dura le silence qui suivit ? Quelques secondes ? Un quart d'heure ? Une heure ?

Il était là, sans voix, découvrant sur chaque photo une imitation parfaite de Rita Hayworth dans la robe de Gilda qui l'avait rendue célèbre.

— Mais…

Il s'était laissé tomber sur un fauteuil, l'air incrédule.

— Comment est-ce possible ?

Il reprit de l'assurance.

— Pendant un instant, vous m'avez eu, Jérôme. Il s'agit en réalité d'un montage habile fait avec des photos de Rita, un bon travail de faussaire, rien d'autre. Bravo, c'était bien essayé.

— Non, Orson ! Cette jeune femme s'appelle Josiane, elle est secrétaire dans une maison de production à Paris. Quand elle s'est aperçue de sa ressemblance incroyable avec Rita Hayworth, elle a décidé d'en faire un atout, de l'accentuer jusqu'à devenir un sosie qui vous a trompé, vous, son ancien mari.

— Je n'y crois pas, Jérôme. Ce n'est pas possible.

— Bon, puisque vous ne voulez rien savoir, je vous propose un pari : un dîner ou un déjeuner au Grand Véfour, aux frais du perdant. Bien entendu, je m'engage à vous faire rencontrer Rita, pardon, Josiane, quand vous voudrez.

Il avait retrouvé le sourire. Un pari qu'il était sûr de gagner, ça lui allait. Le Grand Véfour aussi.

J'avais la main, il fallait en profiter, l'énerver un peu.

— Vous avez déjà perdu, Orson. J'ai réussi à vous faire parier. J'avais envie de connaître Le Grand Véfour où je ne suis jamais allé. Je suis tellement sûr de gagner que je me suis renseigné sur leurs spécialités. J'hésite entre le lièvre à la royale et la bécasse flambée. Et vous, Orson, qu'est-ce que vous prendrez : la sole au foie gras ou la timbale de macaronis aux truffes ?

Il barrissait maintenant. Il s'en fichait de perdre, du moment qu'on fêterait son échec au Grand Véfour.

— Laissez-moi les photos, dit-il. Je vais les examiner de près. Vous n'avez pas encore gagné.

— Mais si, Orson, j'ai oublié de vous dire que sur la carte du Grand Véfour on trouve aussi une salade de homard, mais elle est réservée aux clients qui ont gagné un pari.

— *Shut up !* dit-il.

Je n'avais pas besoin de parler anglais pour comprendre.

— Regardez bien les photos, Orson. Je suis sûr que vous allez rêver de faire disparaître Josiane comme vous avez fait disparaître Rita Hayworth et Marlene Dietrich au cours d'un spectacle de magie à Hollywood. C'est vrai ou ce sont des bobards de journalistes ?

— C'est vrai, mais vous êtes mal renseigné, *dear boy*. Harry Cohn avait interdit à Rita d'y participer et c'est Marlene qui l'a remplacée dans un numéro où je lui sciais les jambes. Et j'avais aussi annoncé que j'hypnotiserais un poulet, mais il est tombé malade ! Vous ne me croyez pas ? J'ai toujours été fasciné par la magie depuis que j'ai rencontré le grand maître de l'illusion, Houdini, à Paris, lorsque j'étais enfant. Car tout n'est qu'illusion, Jérôme, rien n'est vrai, rien n'est faux. Qui vous dit que je suis le vrai Orson Welles et non pas son sosie ? Si c'était le cas, quel couple nous formerions avec la fausse Rita !

Il avait sorti un jeu de cartes sur la table basse, qu'il manipulait à toute vitesse. Des cartes apparaissaient, disparaissaient, réapparaissaient au bout de ses doigts. En même temps, il me regardait comme s'il me disait : « Vous êtes satisfait, maintenant ? »

— Que faites-vous ce soir, Jérôme ?

— Je vais dîner avec la personne qui est sur les photos.

— Vous avez de la chance.

Il s'était levé et s'approchait de moi.

— Vous êtes très élégant, mais votre nœud de cravate est desserré. Permettez-moi.

Il resserra mon nœud de cravate et recula, tandis que sa main droite effleurait ma veste. Il en sortit un petit lapin blanc qui courut se réfugier sous un meuble.

XIV

Josiane était dans tous ses états. Au restaurant, pendant le dîner, je lui avais raconté qu'Orson, lorsqu'il avait découvert ses photos, avait été fasciné par sa ressemblance avec Rita Hayworth, mais qu'il m'avait accusé d'avoir fait un montage avec des photos de son ex-femme.

— Je ne te crois pas, Jérôme, tu cherches à me faire plaisir, c'est tout. Qu'Orson Welles me confonde avec Rita Hayworth… c'est impossible !

Je crus qu'elle allait se mettre à pleurer, mais je vis dans son regard qu'en réalité elle était ravie, et qu'elle pensait peut-être aux avantages qu'elle pourrait en tirer.

— Tu me le présenteras, mon chéri ?

Je m'attendais à sa question, mais elle ne me choqua pas. Cela pouvait être amusant de mettre l'un en face de l'autre Josiane et Orson qui, malgré son sang-froid, en avalerait son cigare.

En rentrant chez elle, je sentis qu'elle n'était pas avec moi mais ailleurs, avec Orson Welles, l'homme qui avait créé son idole. Elle avait le droit de rêver. J'étais de trop et prétextai une journée à venir très matinale et très chargée pour m'éclipser. Elle ne s'en formalisa pas : je ne la laissais pas seule, elle allait s'endormir avec Orson Welles.

Lorsque je sortis de ma chambre au Lancaster le lendemain matin, j'entendis le rire tonitruant d'Orson à travers sa porte, ponctué d'exclamations en anglais. Il était dans le salon, marchant de long en large, le poste de téléphone dans une main, le récepteur dans l'autre, à son oreille.

Il me fit signe de m'asseoir. La conversation se terminait. Il raccrocha, s'approcha de moi et posa ses mains sur mes épaules. Qu'est-ce que ça serait cette fois, un autre lapin blanc ou un poisson rouge ? Il exultait.

— *Dear boy*, il est tôt, mais nous allons quand même fêter l'événement.

Il décrocha le téléphone et commanda une bouteille de Mumm.

— Voici les bonnes nouvelles : *Le Troisième Homme* est sélectionné pour le Festival de Cannes et, tenez-vous bien, ce n'est pas encore officiel, on parle de moi pour le prix d'interprétation masculine. Carol Reed m'appelait de Londres, c'est lui qui vient de me l'apprendre. C'est formidable, non ?

Sa joie faisait plaisir à voir. Je le félicitai. Jamais je n'avais été aussi sincère. J'étais vraiment content pour lui, pour ce succès dont *Othello* allait bénéficier.

Il versait le champagne dans des flûtes. Il avait repris son calme lorsqu'il se tourna vers moi.

— Cette nouvelle situation implique un changement de notre agenda. Je vais d'abord aller à Londres pour rencontrer la presse – je partirai après-demain –, ensuite j'irai à Rome et je resterai là-bas jusqu'à mon retour à Paris. La période Lancaster est donc terminée pour moi et pour vous aussi, Jérôme, mais vous restez sous contrat avec Warner Bros, vous devrez simplement quitter l'hôtel en même temps que moi. Nous sommes tombés d'accord avec David pour que vous continuiez à travailler pour nous, y compris lorsque nous irons à Cannes pour le Festival.

— Au Festival de Cannes ?

Je digérai lentement la nouvelle.

— Mais oui, au Festival de Cannes. Nous y serons tous, vous, moi, Florence et David qui a rendez-vous avec des producteurs, et Guido Orlando qu'il est toujours bon d'avoir sous la main. Vous me suivez, *dear boy* ? Vous avez l'air médusé !

— Je le suis, Orson. Tant de nouveautés à la fois, c'est beaucoup pour un modeste flic privé que vous allez laisser à Paris entre les mains d'une fausse Rita Hayworth, que je vous présenterai au Grand Véfour au cours du déjeuner que vous aurez perdu.

— Assez ! Je n'ai pas dit mon dernier mot. C'est ma spécialité, Jérôme, le dernier mot. Vous ne gagnerez jamais.

Il était de si bonne humeur que j'aurais pu lui dire n'importe quoi, l'énerver en lui demandant par exemple s'il avait pensé à son visage de bébé avant de décider de jouer Othello, mais rien, aujourd'hui, n'aurait pu entamer sa joie. Il avait repris son sérieux.

— Pendant mon absence, vous allez enquêter sur les différents incidents qui ont eu lieu. Y a-t-il un lien entre eux ? Rien ne m'arrive lorsque je suis à Rome, tout se passe à Paris. Pourquoi ? C'est une mission qui ne devrait pas vous déplaire et vous permettra sûrement de renouer avec certaines habitudes pas toujours conformes à la loi, comme je me le suis laissé dire, n'est-ce pas ? ajouta-t-il, l'air entendu. Et j'espère que vous aurez pu voir mon ex-femme entre-temps. Bien. Je vais passer ma dernière journée au montage. Ne vous inquiétez pas, le chauffeur sera là, et ce soir je dîne ici au Lancaster avec le producteur à qui je veux parler du film que je veux faire après *Othello*. Je ne peux pas vous en dire plus pour le moment, vous saurez tout à Cannes, et vous serez le premier à le trouver intéressant. À propos, il vous faudra un smoking pour le Festival si vous ne voulez pas me faire honte. Pensez-y. J'ai hâte de vous voir déguisé en pingouin, comme vous dites en France.

— Il vaut mieux avoir l'air d'un pingouin que d'un éléphant de mer.

Il rugit, son cigare trembla et il se leva pour me montrer que notre entretien était terminé.

— Passez me voir demain avant mon départ, dit Orson. Nous ferons un dernier point.

J'étais à la porte lorsqu'il me rappela. Je connaissais ce regard. Il me tendit une main, qui cachait un objet.

— Vous oubliez votre portefeuille, *dear boy* !

***

— Monsieur Dracéna ? C'est la réception. Le chauffeur de M. Welles demande si vous pouvez descendre le voir. Il vous attend devant l'hôtel.

Convoqué par Robert le chauffeur. Qu'est-ce qu'il voulait ? Il roulait moins des mécaniques qu'hier. Il avait même l'air nerveux.

— J'te paye un café ? dit-il en me serrant la main.

Son demi-rictus avait l'air de lui faire mal.

Je dis d'accord et on traversa la rue jusqu'au bistrot d'en face. On était au zinc, devant nos cafés, et il ne l'ouvrait pas. Il fallait l'aider à démarrer.

— Je t'écoute.

— Ben, voilà… Hier, j't'ai pas dit que pendant que je poursuivais le mec, il s'est retourné pour voir si j'allais le rattraper et j'ai vu que sa gueule m'était pas inconnue.

— Et c'est aujourd'hui que tu me dis ça ? D'où tu pourrais le connaître ?

— De Pigalle.

— De Pigalle ? Qu'est-ce que c'est que ce turbin ? De quoi tu parles ?

— T'énerve pas. Y a pas longtemps, j'ai été barman de nuit au Grand Monde, à Pigalle. Je sais pas si tu connais, mais…

— Je connais : des putes, des macs, des voyous, de la came et des bourgeois qui viennent se faire peur. Le patron s'appelle Alex.

Il était ébahi.

— Comment tu sais ça, toi ?

— Continue.

— Ce mec est venu deux ou trois fois. Il arrivait tard, il buvait un whisky, il adressait la parole à personne, il regardait autour de lui, c'est tout. Un jour, y a un type bourré qui est venu l'emmerder. Il l'a laissé faire une fois, deux fois, la troisième il lui a mis une droite comme j'en ai jamais vu, un vrai marteau-pilon. Le type est descendu tout de suite, personne a mouften. Le blond a payé et il est parti. Il est peut-être revenu un autre soir, mais j'en sais rien puisque j'avais quitté. Un pote à moi m'a fait entrer comme chauffeur-garde du corps dans la boîte où il travaillait, je pouvais pas continuer la nuit au Grand Monde.

— Pourquoi tu ne m'en as pas parlé ?

— J'ai eu les jetons que tu me renvoies, que tu me dises que c'était pas possible de continuer avec

M. Welles, et puis j'ai réfléchi : j'ai pensé qu'il valait mieux que je t'en parle. Remarque, j'étais sûr que le mec se repointerait pas.

— Ah bon, tu le savais ?

Un éclair de panique passa dans ses petits yeux.

— Pourquoi tu dis ça ?

— Allez, je plaisantais ! C'est vrai, comment aurais-tu su qu'il ne reviendrait pas ? Bon, ça va, mais tu aurais dû m'en parler hier. On ne se reverra pas, je quitte l'hôtel en même temps que M. Welles. Toi, tu l'emmènes à l'aéroport après-demain et tu continues à faire gaffe. Tu ne portes pas d'arme, je suppose ?

— Non, mais j'ai ça, dit-il en sortant une grosse matraque de sa poche.

Devant le Lancaster, on se serra la main. Il semblait soumis comme un mouton depuis notre conversation au bistrot. Je lui demandai son numéro de téléphone. C'était Pigalle 13 27. Évidemment.

***

Je fis ma valise. Fini le luxe du Lancaster, mais j'étais heureux de rentrer rue Saint-Georges, mon quartier, qui me parlait plus que les Champs-Élysées. Je restai chez moi à feuilleter les journaux que je venais d'acheter : le président Auriol avait inauguré un nouveau bâtiment à l'hôpital du Val-de-Grâce ; Citroën avait présenté une 2 CV au Salon de l'auto ; un couturier de l'avenue Montaigne lançait le New Look. Sur la photo qui accompagnait l'article, un mannequin qui portait une jupe longue se faisait insulter par une marchande de légumes, rue des Martyrs. Sur d'autres photos, on voyait que, dans la rue, les femmes résistaient au New Look et continuaient à montrer leurs jambes. Je m'endormis en regardant les publicités du moment : « La gaine Kestos habille la femme », « Si vous voulez jouer au plus fin… jouez au bas Rasurel ». Le mannequin ressemblait à Florence, version vulgaire.

XV

Tony me téléphona pour me dire que Rita Hayworth était rentrée plus tôt que prévu et que l'interview aurait lieu le surlendemain. Il viendrait me chercher une heure avant, chez moi. Ce jour-là, il portait un blouson en daim havane, sans cravate.

— Ça fait journaliste, dit-il.

Il avait apporté un autre Rolleiflex, qu'il me remit.

— Deux, ça fait plus professionnel. Tu ne les portes pas à bout de bras, tu passes les lanières autour de ton cou. Tu es prêt ?

J'étais prêt. On répéta rapidement les questions qu'il allait poser. Il m'expliqua que je ferais des photos pendant l'interview et, si Rita acceptait, on la prendrait en pied dans le jardin de l'hôtel particulier.

Mme Tarot lui sourit lorsqu'elle nous vit passer devant sa loge. Tony, c'était autre chose que les voyous et les poules que je fréquentais.

Je garai la voiture au coin de la rue de Prony et de la rue Henri-Rochefort où je reconnus, pas loin, un hôtel de passe que mon père, lorsqu'il était à la Mondaine, avait fait fermer après y avoir découvert un trafic de cocaïne. Un couple en sortait, l'air épuisé. Qui l'avait fait rouvrir ? Je m'en foutais.

Lorsque Tony sonna à l'immense porte cochère de l'hôtel particulier, on attendit un moment, puis la porte s'ouvrit. Un type au regard méfiant en uniforme de chauffeur bloquait l'entrée.

— Messieurs ?

Il nous détaillait de la tête aux pieds, avec l'envie de nous dire d'aller voir ailleurs.

— Nous avons rendez-vous avec la princesse Ali Khan. M. Philippe Marino, dit Tony en me montrant, et M. Patrick Bouchet, de *Paris Match*.

Le cerbère s'écarta à regret pour nous laisser passer.

On traversa une grande cour pavée jusqu'au bâtiment principal. En marchant, je jaugeai le chauffeur : 1,85 mètre environ, des épaules qui faisaient craquer sa veste et probablement une droite qui devait faire des dégâts. S'en souvenir, me dis-je, alors que, en haut d'un perron, une porte vitrée à double battant s'ouvrait sur une femme souriante d'une cinquantaine d'années.

— Mon nom est Maureen Dolan, dit-elle. Je suis la secrétaire particulière de la princesse Ali Khan. Entrez, je vous prie.

Elle avait un accent américain à couper au couteau, mais son français était correct, meilleur que mon anglais, c'est-à-dire supérieur à zéro.

— Je vais voir si la princesse est prête à vous recevoir.

Nous attendions. Par ma fenêtre, je voyais le chauffeur-armoire à glace faire des allers-retours lentement dans la cour. Il avait été rejoint par un doberman qui lui ressemblait et tournait autour de lui jusqu'au moment où le chauffeur hurla « Couché ! ». J'étais légèrement inquiet. Aucune trace d'inquiétude, en revanche, chez Tony qui marchait de long en large en souriant.

— Prépare tes Rolleiflex, dit-il en les montrant du doigt.

La secrétaire réapparut, avec le même sourire aimable.

— La princesse va vous recevoir. Veuillez me suivre.

Après avoir monté un grand escalier à la rampe en fer forgé, Maureen Dolan nous fit traverser un salon. Puis elle ralentit, avant de nous faire entrer dans un salon plus petit.

Elle était là, assise très droite sur un canapé, les mains posées sur ses genoux. Elle portait un tailleur en gabardine beige, pas de bijoux, juste un rubis à la main gauche. Ses cheveux auburn tombaient sur ses épaules. Elle était parfaitement maquillée. Elle était sublime.

Rita Hayworth se leva et s'avança vers nous en souriant. Tony lui baisa la main, je fis un signe de tête en m'inclinant. Tant pis, je passerais pour un photographe qui ne connaît pas les bonnes manières.

Tony fit les présentations et, à partir de là, je perdis le fil de la conversation qui se déroula en anglais. Rita Hayworth nous fit signe de nous asseoir et regagna son canapé. Je restai debout, à tripoter mes Rolleiflex.

L'anglais du beau Tony était parfait, embelli d'un accent qui faisait penser aux séducteurs italiens qu'on voyait dans les comédies américaines. Je vis que Rita y était sensible, mais je n'arrivais pas à être jaloux, il était trop fort pour moi.

L'interview allait bon train. Tony avait sorti un carnet et prenait des notes. Je compris qu'il expliquait à Rita que je ne parlais pas anglais, ce qui amena sur ses lèvres un sourire indulgent. Le mot « Hollywood » revenait sans cesse, accompagné de noms de films de Rita dont certains m'étaient familiers – *La Reine de Broadway*, *Gilda* –, des noms d'acteurs aussi, qui avaient été ses partenaires – Glenn Ford, Fred Astaire, Gene Kelly.

Après quelques photos hésitantes, j'avais retrouvé la maîtrise du Rolleiflex et je repris confiance en moi. Je m'inspirai de Tony qui bougeait beaucoup autour de ses modèles. De temps à autre, Rita se tournait vers moi et souriait. J'entendis Tony prononcer « *The Lady from Shanghai* » et le sourire de Rita s'éteignit. Tony continuait de parler. Il était question d'Orson Welles. Rita était de plus en plus tendue et répondait par des phrases courtes et sèches. Tony ne lâchait rien.

Soudain, Rita se leva et jeta à Tony quelques mots qui n'avaient pas l'air aimables, puis elle sonna. Maureen Dolan apparut. Rita s'adressa à elle en nous désignant. Pas besoin de traduction, je compris qu'elle venait de lui dire : « Veuillez raccompagner ces messieurs. » Tony continuait de parler mais c'était trop tard.

Rita sortit sans se retourner. Maureen Dolan, le visage fermé, nous raccompagna jusqu'au perron. Le chauffeur était toujours là, le doberman à ses pieds, prêt à servir. Elle lui fit signe d'ouvrir la porte.

Cette fois, le chauffeur marchait derrière nous, le chien sur ses talons. Il ouvrit la porte et, sans un mot, nous fit signe de dégager. Avant de sortir, je levai la tête. Rita Hayworth, le regard glacial, nous observait derrière une fenêtre du deuxième étage.

Nous étions silencieux dans la rue en nous éloignant, mais je voyais du coin de l'œil que Tony jubilait.

— On les a eus ! dit-il en me donnant une bourrade. On les a bien eus !

Nous nous dirigions vers la voiture lorsque Tony s'arrêta net.

— Ça ne peut pas attendre, il faut que je te raconte l'interview tout de suite, mais pas ici. On va aller aux Délices. C'est un salon de thé pas loin, avenue de Villiers. J'ai envie de m'empiffrer de gâteaux.

Moi, j'aurais bien descendu deux ou trois whiskies dans un bar, mais puisque Tony préférait un salon de thé, je lui devais bien ça. On entra aux Délices où des dames très distinguées buvaient du thé en papotant devant des millefeuilles et des tartes aux fraises.

— Il faut que tu goûtes leur spécialité : le malgache, dit Tony en s'asseyant, un biscuit avec du chocolat noir. C'est à tomber.

Il commanda du thé.

— Orson va être content. Il a eu raison de nous envoyer voir Rita, elle est remontée contre lui.

— Raconte.

— J'ai commencé par lui parler cinéma, la complimenter sur ses anciens films, lui demander d'évoquer ses partenaires, la faire parler de ses projets, mais elle n'en a pas beaucoup. Je suis revenu en arrière jusqu'à *Gilda*, j'ai joué l'admirateur inconditionnel, puis j'ai lâché le titre *The Lady from Shanghai*. Et là, le ton a changé. J'ai vu que j'avais touché un point sensible. Elle a éludé mes questions et, quand je suis arrivé à son divorce avec Orson et à son divorce en cours avec Ali Khan, elle n'a pas supporté. J'ai senti qu'il y avait beaucoup de ressentiment à l'égard d'Orson, des menaces cachées même. Elle lui reproche ses infidélités, sa malhonnêteté, ce qu'il lui doit, j'ai tout noté, tu n'auras plus qu'à le taper à la machine. En tout cas, maintenant, on est grillés avec elle, à moins qu'on ne devienne amis avec son sympathique chauffeur !

Je lui demandai s'il ne craignait pas que Rita vérifie et découvre que nous n'étions pas à *Paris Match*.

— Et alors, dit Tony, qu'est-ce que ça changera ? Il sera trop tard !

— On va récupérer ma voiture et je te dépose chez toi, dis-je à Tony en sortant des Délices.

En arrivant au coin de l'avenue de Villiers et de la rue Henri-Rochefort où j'avais laissé ma Juvaquatre, je vis un taxi s'arrêter devant l'hôtel particulier et un nain à chaussures bicolores, précédé d'un cigare, en sortir : Guido Orlando.

XVI

— Qu'est-ce qu'il fout ici celui-là ? s'exclama Tony dans la voiture.

Je n'avais pas encore démarré. Je réalisai sur le moment que j'avais complètement oublié de parler d'Orlando à Tony dans mon récit du dîner à La Tour d'argent. Tony le connaissait. Je lui expliquai qu'Orlando travaillait pour David Warner, qui m'avait demandé de collaborer avec lui sans plus de précisions.

Tony écoutait en souriant méchamment.

— Orlando ! Ça alors. Démarre. On va aller dîner chez moi, je vais te faire des spaghettis et je te dirai tout sur ton M. Orlando.

Sur le chemin de Montparnasse, il chantonnait un air napolitain et ne m'adressa pas la parole jusqu'à la rue Campagne-Première. J'étais content de revoir l'atelier de Tony et curieux de vérifier si sa « galerie de trophées » avait changé. Les trophées de Tony. La collection des starlettes que Tony avait séduites, dont les photos occupaient un mur entier de l'atelier.

Pendant qu'il fourgonnait dans la cuisine, je passai en revue les portraits de celles qui avaient succombé. Surprise, je reconnus la plupart de celles qui étaient déjà là à ma dernière visite. Certaines, aujourd'hui, devaient être au chômage ou mères de famille. Les visages et les noms défilaient devant mes yeux : Mona Doria, Maggy Davray, Léa Rancourt, Reine d'Arcy, Diane Beaumont, Irène Marly…

Tony sortit de la cuisine. Il vit que j'avais envie de rire et, avant que j'ouvre la bouche, il me dit :

— Elles étaient toutes charmantes. Je n'ai pas eu le courage ni l'envie de les ranger dans un placard. C'est mon petit musée à moi. Tu me trouves ridicule ?

— Pas du tout, ça me fait plaisir de les revoir, elles me rappellent une certaine époque. Il est très bien, ton musée des antiquités. Et les nouvelles, tu ne les photographies pas ?

— Les nouvelles sont là, dit-il en prenant un album relié en cuir sur une table basse.

Il l'ouvrit et le feuilleta devant moi. Des noms défilaient, que j'avais lus dans *Cinémonde* et *Ciné Revue*. Je les avais presque toutes vues dans des bars et des restaurants ou des claques, plus souvent qu'à l'écran. Sauf une blonde, Vicky Verneuil, que Brasseur m'avait présentée un soir au Club Saint-Germain comme « une vraie jeune fille qui veut faire du cinéma ». Entre Tony Locascio et Pierre Brasseur, si elle échouait, c'est qu'elle n'avait pas bien choisi ses parrains.

Tony mit la table et retourna dans la cuisine.

— Et voilà, dit-il en revenant avec un plat fumant, les spaghettis à la Locascio, la recette préférée des stars !

Il devait dire vrai. Sa sauce tomate était une star en soi. Je l'imaginai à Hollywood, préparant ses spaghettis dans la cuisine d'Ava Gardner. Il avait lu dans ma tête.

— Je suis invité partout. Une fois qu'elles ont

goûté à mes pâtes, elles ne peuvent plus refuser que je les photographie quand j'appelle le lendemain. Sauf Garbo. J'ai fait des spaghettis chez elle, après je n'ai plus jamais pu la joindre au téléphone. Je me suis rattrapé avec Marlene Dietrich, qui ne pense qu'à bouffer !

— Parle-moi d'Orlando, dis-je. Tu as sursauté quand tu l'as vu entrer dans l'hôtel particulier.

— Heureusement que je l'ai vu et que tu as fini par m'en parler. Si tu dois travailler avec lui, il faut que tu saches qui c'est… Orlando peut tout faire : lancer un rouge à lèvres, une marque de chaussures, un livre, un parfum, mais ce qu'il préfère, ce sont les stars. Il se vante d'avoir lancé Clark Gable et d'avoir « soigné la popularité » de Greta Garbo, comme il dit. Il y a deux ans, il a mis la main sur les lettres de Mussolini à sa maîtresse, Margherita Sarfatti, et il les a revendues à un célèbre chirurgien esthétique américain. Roosevelt, pour qui il avait fait campagne, l'avait surnommé « le roi des contacts ». Guido, lui, préfère se présenter comme « l'empereur de la publicité ». Il a joué Napoléon au théâtre, il a tourné avec Rudolf Valentino et il a été décoré par le roi Pierre de Yougoslavie. Il dit qu'il n'est pas un businessman, mais un artiste qui doit « être inspiré comme un peintre ». Il a lancé le caoutchouc synthétique, des cacahuètes et des aliments pour chiens. En même temps, il soutenait le mouvement pour l'indépendance coréenne !

» Qu'est-ce que je peux encore te dire sur Guido Orlando ? Il a débarqué aux États-Unis à 17 ans avec 3 dollars en poche après avoir été adopté par un couple d'Américains de passage en Italie. Il a vendu des journaux et il a fait son premier coup à New York lorsque la communauté italienne lui a demandé d'organiser les cérémonies qui ont suivi la mort d'Enrico Caruso. Ne te méprends pas, ce n'est pas un escroc, c'est quelqu'un qui a des idées qui sortent de l'ordinaire mais qui, parfois, vont un peu trop loin.

En partant de chez Tony, je m'interrogeai : pourquoi David Warner avait-il engagé Orlando ? Que pensait Orson de ses coups spectaculaires ? Quel était son rôle exact ?

Et surtout, qu'allait-il faire chez Rita Hayworth ?

***

J'appelai Orlando le lendemain matin à son hôtel, le Berkeley. Il prenait son petit déjeuner.

— Ah, Jérôme, je suis content que vous m'appeliez. J'ai besoin de vous voir rapidement. Au bar de mon hôtel, à midi ?

Je raccrochai en me demandant s'il portait ses chaussures bicolores avec son peignoir de bain.

Le Berkeley était près des Champs-Élysées. Moins chic que le Lancaster, mais Guido Orlando n'était ni Orson Welles ni David Warner.

Il m'attendait au bar, un barreau de chaise vissé sous sa moustache de traître. Il était habillé plutôt classique, un costume gris foncé, gâché par une cravate à fleurs retenue par une pince en or.

— Comment s'est passée l'interview avec Rita ? demanda-t-il sans savoir que je l'avais vu entrer chez elle la veille.

Je fis à Orlando un résumé de l'interview qu'il approuvait de la tête, sans commentaires. J'avais envie d'en savoir plus.

— Vous connaissez bien Rita ?

Il eut un geste évasif.

— Assez bien. Je l'ai connue à Hollywood avec Orson pour qui je travaillais déjà à l'époque, mais ça fait longtemps que je ne l'ai pas vue. Comment est-elle en ce moment ?

— Toujours aussi belle.

Pourquoi ce mensonge ? Je n'eus pas le temps d'y réfléchir, il enchaînait :

— J'ai eu des nouvelles d'Orson. Il rentrera à Paris après-demain. J'ai aussi d'autres nouvelles, mais moins bonnes, dont je ne lui ai pas encore parlé. Son ancienne assistante personnelle à Hollywood, Sandra Ainsworth, a été retrouvée morte chez elle. Apparemment, ce serait un suicide, mais d'après Marlowe, le détective privé qui travaille pour David à Los Angeles, ce serait un crime maquillé en suicide.

— Pourquoi un crime ?

— Sandra savait tout de la vie privée d'Orson lorsqu'il vivait à Hollywood. Il avait entièrement confiance en elle, il lui avait confié des papiers confidentiels. L'appartement a été fouillé de fond en comble et il est probable que des documents aient disparu. Seul Orson pourra nous le dire.

— Quel genre de documents ?

— Eh bien, je ne serai pas indiscret en vous disant qu'avant de connaître Rita, et même pendant son mariage, Orson a eu un certain nombre d'aventures clandestines. Il existe des lettres et des photos. Si ces documents tombent entre les mains des deux vipères, Louella Parsons et Hedda Hopper, cela pourrait être un sérieux handicap pour Orson au moment où il est en train de finir *Othello*. Sans oublier *Le Troisième Homme* qui est sélectionné pour le Festival de Cannes, où Orson pourrait décrocher le prix du meilleur rôle masculin. Nous devons être sur nos gardes vingt-quatre heures sur vingt-quatre, Jérôme. Cette histoire de meurtre de Sandra Ainsworth maquillé en suicide et de documents disparus m'inquiète beaucoup. Si un maître chanteur doit se manifester, ce sera à mon avis dans les jours qui viennent.

Je restai encore un moment au bar avec Orlando à discuter. Il en savait beaucoup sur Orson, vraiment beaucoup, mais il devenait vague lorsque mes questions devenaient trop précises. On promit de se revoir très vite en fonction des dernières nouvelles, et je laissai Orlando au bar, devant un verre d'eau minérale. C'est vrai, il ne buvait pas. Moi, oui. J'allai descendre un whisky au bar du Fouquet's, en m'interrogeant sur Orlando.

Curieux. Il ne ressemblait pas tout à fait au portrait que m'en avait fait Tony. Il était calme, raisonnable, s'exprimait en bon français, aucune idée bizarre n'avait surgi dans la conversation. C'était peut-être un génie de la dissimulation, un organisateur hors pair de coups tordus qui savait vous endormir. Même moi.

XVII

— Tu vois, dit Pierre en levant son verre lorsque j'entrai dans le salon, pas plus d'un whisky par jour depuis deux semaines. Mais comme je ne t'ai pas vu depuis un moment, je ne vais pas te laisser boire seul.

Avant même que j'aie réussi à en placer une, il se planta au milieu de la pièce et, toujours le verre à la main, déclama :

— « Si mes plaisirs gâtent mes travaux et leur font tort, que vos ménagères fassent de mon casque un vil poêlon et que tous les affronts les plus honteux s'élèvent ensemble contre ma renommée ! » *Othello*, acte I, scène IV, annonça-t-il en me jetant un regard de défi.

J'avais oublié qu'il avait joué Othello dans *Les Enfants du Paradis*.

— Hein ! dit-il, son fume-cigarette braqué sur moi. Il va faire mieux que ça, ton M. Welles ? Je connais la pièce par cœur ! S'il a besoin de conseils…

Une fois de plus, j'étais au spectacle. Du Shakespeare pour moi tout seul, en attendant celui d'Orson Welles. Pierre avait carrément oublié ses bonnes résolutions. Le niveau de la bouteille de Chivas baissait à vue d'œil.

— Je suis fatigué, à cause de toi naturellement. J'étais tranquille avec mon verre et puis… On va dîner ici, si tu es d'accord.

Sans attendre ma réponse, il appela sa cuisinière et lui demanda de nous préparer « quelque chose de simple, une omelette aux truffes par exemple, et puisque vous savez très bien faire le soufflé au chocolat, n'hésitez pas ! ».

La cuisinière souriait, habituée. Je mis Pierre au courant dans les grandes lignes des problèmes d'Orson et de mon déménagement du Lancaster. Il approuvait en silence, ce qui était bon signe. Pendant le dîner, il m'annonça que son dernier film, *Les Amants de Vérone*, allait sortir et qu'il serait très pris par des dîners et des interviews, ce qui voulait dire que nous ne nous verrions pas pendant un moment.

Après le dîner, je quittai l'appartement sans faire de bruit. Pierre s'était endormi sur le canapé du salon, à côté de la bouteille vide de Chivas et de la dernière édition de *France-Soir* que j'emportai avec moi. Je m'arrêtai dans un bistrot pour boire un café et y jeter un coup d'œil. Je feuilletai le journal, l'esprit ailleurs, loin des nouvelles importantes du jour.

À la page des sports, on annonçait que le match revanche Marcel Cerdan-Jake La Motta aurait lieu en septembre au Madison Square Garden, à New York. À côté de l'article, une réclame pour des lunettes incassables disait : « Pour l'été, la lunette Cerdan qui n'a pas peur des coups. » Dans la page des spectacles, on signalait la présence à Paris de M. Orson Welles et du roi de la publicité internationale, Guido Orlando. Le tournage de *Pigalle-Saint-Germain-des-Prés*, avec Jacques Hélian et son orchestre, allait commencer et une annonce de mode masculine m'informait que « À tout homme bien fait, vêtement bien fait ». « Ça ne te concerne pas », aurait dit Brasseur.

Chez moi, un courrier m'attendait : une enveloppe blanche qui portait mon nom et mon adresse en lettres majuscules. Lorsque je l'ouvris, une carte postale en couleurs tomba à mes pieds. La même qu'avait reçue Orson : la promenade en planches d'Atlantic City et l'hôtel Chalfonte. Le dos de la carte était vierge. Aucune menace, pas de point d'interrogation, juste une façon de me montrer qu'on savait que j'étais rentré chez moi.

***

Jack Landau me téléphona pour me dire qu'Orson serait de passage à Paris le lendemain pour quarante-huit heures et qu'il désirait me voir au Lancaster en fin d'après-midi.

Lorsque j'entrai dans sa suite, il était au téléphone, un whisky à la main. Il me fit comprendre d'une grimace qu'il y avait un raseur au bout du fil. Il raccrocha.

— Comment s'est passé votre séjour à Rome, Orson ?

— Plutôt bien, sauf que dans l'avion j'étais assis à côté d'un emmerdeur qui voulait savoir ce que signifiait « Rosebud » et pourquoi Rita Hayworth n'était pas dans *Citizen Kane* !

Un barrissement se fit entendre derrière le nuage de fumée de son cigare. Il était en pleine forme, les joues roses, l'œil ironique et quelques kilos en trop comme chaque fois qu'il revenait d'Italie. Il nous versa deux whiskies, s'installa dans un fauteuil et son sourire disparut.

— J'en ai assez qu'on me parle de *Citizen Kane*,

Jérôme. Il y a eu tellement de bêtises écrites à ce propos, et ça continue. Ça ne date pas d'aujourd'hui. Vous qui aimez le film, vous me l'avez dit, écoutez ce que votre Jean-Paul Sartre écrivait à sa sortie, je m'en souviens par cœur : « Nous sommes constamment débordés par des images trop ridées, grimaçantes à force d'être travaillées. L'écriture artiste n'est pas pour nous un exemple à suivre ! » L'écriture artiste ! Pauvre Sartre. Il paraît qu'il est revenu sur ce qu'il avait dit, mais c'est un peu tard. Parfois, j'en arrive à être d'accord avec mon vieil ennemi Harry Cohn, qui dit que les critiques sont comme les eunuques : ils peuvent vous dire comment il faut faire, mais eux-mêmes ne savent pas le faire ! Passons aux choses sérieuses : avez-vous vu mon ex-femme ? Qu'est-ce qu'elle vous a dit ?

Son sourire était revenu. Je lui racontai l'interview avec Tony, comment tout s'était bien passé jusqu'à ce que son nom soit prononcé, comment elle avait brusquement interrompu l'entretien.

— Pauvre Rita, elle n'a jamais rien compris. C'est peut-être pour cela qu'elle est capable de me nuire, dit-il sur un ton indifférent qui m'étonna.

Il m'écouta d'un air distrait lorsque je lui racontai la carte d'Atlantic City et lui parlai des renseignements que j'étais sûr d'obtenir de mes sources privées pour essayer de mettre la main sur l'homme au Zippo rouge.

— C'est lui le plus dangereux, dit Orson, qui regardait par la fenêtre et semblait penser à autre chose.

Je le trouvais étrangement détaché. Il s'en aperçut et entreprit de me noyer sous un flot de potins de cinéma et le récit de ses activités à Rome. Il était drôle, comme d'habitude.

— Eh bien, cela m'a fait plaisir de vous voir une

dernière fois avant notre expédition à Cannes, Jérôme. Continuez et tenez-moi au courant.

Je ne comprenais pas très bien pourquoi il m'avait fait venir. Nous nous étions levés.

— Juste une question avant de partir, Orson. Orlando m'a dit que votre premier prénom était Georges. Pourquoi avez-vous choisi le second ?

— Vous allez tout savoir, *dear boy*. Un jour à l'école, quand j'étais enfant, la classe s'est mise à chanter : « Gros Georges est un cochon qui mange trop de bonbons ! » Maintenant, je regrette : imaginez Georges Orson Welles. Avec ce nom-là, je serais maître de l'univers !

Il barrit, je ris et on se quitta.

XVIII

Ma tournée à Pigalle à la recherche de l'homme au Zippo rouge commencerait dès ce soir-là et partirait du Proust où Martial, son patron, aurait sûrement quelques tuyaux pour moi. Le Proust était un bar de nuit de la rue des Martyrs, à côté de chez moi, dont j'avais fait pendant toute l'Occupation mon quartier général. Trafiquants, vedettes de cinéma, journalistes, malfrats, résistants, indics, le Proust restait une source de renseignements inestimable. Ce que je n'avais su qu'à la Libération, c'est que Martial, derrière la façade de son bar, avait fait partie d'un réseau de résistance. Moi aussi, mais il n'en savait rien non plus. Cela avait créé des liens, à la Libération : nous avions participé ensemble à plusieurs actions dangereuses. Le Proust n'avait jamais fermé et Martial était toujours l'homme qui savait tout sur tout le monde, surtout si ce monde n'était pas celui des honnêtes gens. Chaque fois que nous nous retrouvions, je ne pouvais m'empêcher de me rappeler la réponse qu'il m'avait faite, un soir que je m'étonnais de n'avoir pas vu depuis longtemps un truand de la rue Lauriston qu'il avait dans le collimateur :

— Tu comprends, Jérôme, il y a des gens qu'on

n'est pas obligé d'affronter violemment. On peut s'en débarrasser par la douceur.

C'était intéressant, le choix de ses mots : par la douceur et non pas en douceur. Où était le distinguo ? La douceur de Martial : j'imaginais le pire.

Je passai ma journée à écouter du jazz et à lire. Une pile de livres, donnés par Brasseur et jamais ouverts, m'attendait depuis des mois sur mon bureau. Je trouvai deux Simenon – j'aimais beaucoup Maigret qui me rappelait mon père – et trois romans policiers d'un auteur anglais, Peter Cheyney – *La Môme vert-de-gris*, *Les femmes s'en balancent* et *Comment qu'elle est !* –, tous dans la « Série noire », une collection lancée par un copain de Brasseur, l'éditeur Marcel Duhamel. Je pris le premier de la pile, *Les femmes s'en balancent*. L'histoire n'avait pas grande importance, c'était l'écriture à la mitraillette qui me plut et surtout l'insolence de l'agent du FBI qui s'appelait Lemmy Caution.

***

À 9 heures, je sortis de chez moi et marchai jusqu'au Proust. Martial n'était pas encore arrivé. Gaby la barmaid me dit qu'elle avait toujours su que je ferais du cinéma, qu'elle me verrait bientôt dans les pages de *Cinémonde*, mais que je devais rester simple et ne pas oublier mes amis. Son caquetage s'interrompit à l'entrée de Martial.

— Alors, c'est comment Hollywood ?

Il fallait que je m'y fasse, « ils » ne me lâcheraient plus. Pourtant, on n'avait jamais parlé de moi dans les articles sur Orson depuis son arrivée à Paris. Je dis à Martial que j'avais besoin de ses lumières.

— On va aller casser la croûte à La Cloche d'or, dit-il, et tu me raconteras ton histoire.

Je comptais très fort sur Martial. Les restaurants, les noms des tauliers, les bars et leurs barmen, les habitués, les indics, les tricards, ce qui se passait, ce qui allait se passer, il savait tout. La limite, c'était ce qu'il ne disait pas, ce qui lui permettait, en homme de poids qu'il était, de rester en vie.

— On vient ici plutôt vers 3 heures ou 4 du mat', dit Martial en entrant à La Cloche d'or, où la moitié des tables étaient inoccupées. À cette heure-là, on sera tranquilles pour causer.

On commanda des plats qui tiennent au corps, pot-au-feu, pintade aux choux, des terrines pour commencer et du brouilly en accompagnement.

Je lui racontai l'affaire Orson Welles depuis le début pour en arriver à l'incendie bidon de la salle de montage. Il se mit à rire.

— Dommage que tu ne sois pas venu me voir plus tôt, je t'aurais renseigné sur ton chauffeur. Un jour, après avoir quitté Le Grand Monde, il est venu se présenter chez moi comme barman, mais j'avais déjà des doutes sur lui. Je ne m'étais pas trompé. C'est Alex, le patron du Grand Monde, qui m'a affranchi. Il l'avait viré quand il avait découvert que c'était une balance. Maintenant, il est chauffeur, les flics l'ont surnommé Robert la Manivelle. Il a pas fait trop de dégâts ?

— Non, il n'a pas eu le temps. Il est trop bête pour avoir essayé de faire parler Orson Welles pendant qu'il le trimballait en voiture, et moi je lui ai dit le minimum pour qu'il sache pourquoi il devait le protéger.

— Qu'est-ce que je peux faire pour toi ? demanda Martial.

— Je voudrais savoir si tu as entendu parler du type qui a voulu mettre le feu à la salle de montage avant de s'enfuir dans les jardins du Trocadéro. On ne sait pas grand-chose : il a ma taille environ, il est blond et… il court très vite ! Il paraît qu'on l'a vu dans des bars du quartier.

— Pas chez moi en tout cas, dit Martial. On va rentrer et je vais donner quelques coups de fil.

De retour au Proust, Martial me laissa au bar et alla téléphoner dans son bureau. Vingt minutes plus tard, il était de retour, la mine dépitée.

— J'ai parlé avec Alex, le patron du Grand Monde. Il a vu le type deux fois, et il se souvient d'une bagarre où le blond n'a pas dit un mot, mais il est sûr que c'est un étranger. L'une des filles qui bouchonnent au Grand Monde lui a parlé. Elle s'appelle Mona. Va la voir, tu en tireras peut-être quelque chose. J'ai téléphoné dans d'autres bars, Le Petit Trianon, La Sirène, Chez Mario, La Romance, personne ne se souvient du blond.

Je remerciai Martial et partis à pied dans la direction du Grand Monde, rue Pigalle. Il y avait foule dans la salle. Au bar, deux échassières, les yeux braqués sur la porte, guettaient le micheton.

Alex, le patron, s'avançait vers moi, la main tendue.

— Bonsoir, inspecteur…

Il fit semblant d'avoir gaffé.

— Pardon, j'oubliais que tu ne fais plus partie de la grande maison depuis longtemps. Je t'offre un verre ?

Alex Ricci, dit Bel Alex. Une vieille connaissance de mon père lorsqu'il était à la Mondaine. Légèrement indic sur les bords, juste ce qu'il fallait pour qu'on le laisse tranquille. Son surnom de Bel Alex lui allait bien : c'était une espèce de Tyrone Power corse avec des yeux très noirs assortis à ses cheveux calamistrés, et un beau sourire de traître qui faisait illusion pendant un moment.

— Salut, Alex. Heureusement que je ne suis plus de la maison parce que ce soir – je jetai un regard sur la salle – il y a quelques années de placard qui se perdent !

Il rit, mais pas trop. Quelques couples dansaient, collés, sur « Moonlight Serenade ». Les bouteilles de champagne tombaient sur les tables. Une soirée normale à Pigalle. Les politesses évacuées, Alex cessa de sourire.

— Martial m'a téléphoné tout à l'heure à propos d'un mec que tu recherches et qui serait venu au Grand Monde. Si c'est le type qu'il m'a décrit, je l'ai vu deux fois, pas plus. C'est un taciturne qui l'ouvre pas, sauf pour commander un whisky. La deuxième fois, il a descendu un type d'une droite foudroyante, mais il y avait beaucoup de monde ce soir-là : le temps que je traverse la salle, il s'était tiré. Mona a essayé de le lever, ça n'a pas marché, mais ils ont discuté ensemble, elle aura peut-être quelque chose à te raconter. Elle vient de partir avec un client régulier qui fait ça en trois minutes, elle en a pas pour longtemps ! C'est une rousse qui donne dans le genre mannequin, mais en moins distingué, tu ne peux pas la louper. Attends-la et prends un autre verre.

Il était bien aimable, Bel Alex. Est-ce qu'il me cachait quelque chose ? La vieille méfiance policière remontait. Alex me quitta pour aller saluer des clients de table en table.

Il était 1 heure lorsqu'une fille, genre mannequin mais en moins distingué, fit son entrée. Elle était seule. Je vis Alex lui parler brièvement, la prendre par le bras et l'amener au bar.

Il s'éloigna en disant :

— Je vous laisse, vous avez des choses à vous dire.

Mona affichait un vrai sourire, pas celui qu'elle réservait aux caves. Alex avait dû lui donner des ordres. Je commandai du champagne.

— Je ne vais pas vous retenir longtemps, Mona. Alex a dû vous affranchir. Je cherche des renseignements sur un type qui est venu deux fois au Grand Monde et qui n'a parlé à personne, sauf à vous. Vous voyez qui je veux dire ?

— Très bien. L'Américain.

— Pourquoi l'Américain ?

— Parce qu'il me l'a dit. Il parle très mal le français avec un accent à couper au couteau. J'étais là le soir où il a descendu un type d'un coup de poing. J'étais sidérée, même admirative, et il l'a vu. C'est peut-être pour ça qu'il m'a parlé.

— Qu'est-ce qu'il vous a dit ?

— Qu'il était venu avec les troupes américaines en juin 44, et qu'il avait décidé de rester en France.

— Il a dit pourquoi ?

— Non. Il a pas répondu quand je lui ai demandé. Il a même pas voulu me dire comment il s'appelait. Il a eu une espèce de sourire tordu et il m'a dit : « Vous n'avez qu'à m'appeler l'Américain ! » Là, il s'est arrêté comme s'il regrettait d'en avoir trop dit. Il a payé et il est parti. C'était il y a quinze jours. Il est jamais revenu. Dommage, il était plutôt beau mec. Peut-être que je l'aurais fait à l'œil, mais il m'a rien demandé. Bon, c'est tout ce que vous vouliez savoir ? dit Mona en regardant sa montre et un type habillé comme un notaire qui venait d'entrer.

Je la remerciai et voulus lui donner de l'argent. Elle refusa.

— Alex ne serait pas content, dit-elle avec une pointe de regret.

Elle se dirigea vers la table où le notaire venait de s'installer. Elle lui parlait. Il souriait béatement.

C'était une toute petite piste. Un GI qui avait fait du fric en trafiquant à la Libération et qui était resté à Paris ? Un solitaire qui montait ses coups en silence ? Et quel rapport avec Orson Welles ? Où se planquait-il ? Pourquoi ces apparitions dans des bars de putes où il ne donnait jamais suite ?

Une avalanche de questions auxquelles je n'avais aucune réponse. Mes seules informations venaient de Mona, du Grand Monde. C'était maigre. Martial avait fait au téléphone une tournée des bars, il y en avait d'autres, beaucoup d'autres, mais je n'avais pas envie de faire du porte-à-porte à Pigalle jusqu'à Noël.

XIX

Je me souvins d'André Lefèvre, un inspecteur de la Mondaine qui avait travaillé sous les ordres de mon père, et qui m'avait à la bonne. Quel meilleur sésame pour pénétrer dans des rades où, seul, on m'aurait fait comprendre que je n'étais pas le bienvenu ?

— Mais bien sûr, mon pote, dit Lefèvre lorsque je l'appelai, quai des Orfèvres.

Il était ravi de ma proposition, d'autant qu'il était « de nuit » ce soir, et que le collègue qui devait l'accompagner était malade.

— Tu vas le remplacer, me dit-il, et personne ne verra la différence. Tu as été flic, ça pourra aider quand tu parleras aux gens ! ajouta-t-il en rigolant.

Je l'imaginai, hilare, avec sa couperose et sa gitane maïs au coin des lèvres. Je l'invitai à dîner.

— Choisis le restaurant, André, j'y serai à l'heure que tu veux.

— Bonne idée. Alors, à 9 heures chez Jeannot, rue de Douai. Si tu arrives avant moi, tu dis que t'as rendez-vous avec l'inspecteur Lefèvre. Tu vas voir les courbettes !

Quand j'entrai chez Jeannot à 9 heures, les courbettes étaient au rendez-vous. En regardant le patron m'accueillir avec une déférence bien jouée, je le retapissai en un éclair : Jean Scalise, dit Jeannot, un ancien mac rangé des affaires qui avait traversé toutes les intempéries, de l'Occup' à la Libération et au-delà. Mon père m'en avait parlé avec mauvaise humeur. C'était un client qu'il n'avait jamais réussi à faire tomber.

André Lefèvre était déjà assis à une table, devant une bouteille de champagne, probablement offerte par la maison.

— C'est mon collègue Jérôme qui sera avec moi ce soir, dit-il à Jeannot, qui eut un sourire poli.

Lefèvre me fit un clin d'œil pour montrer qu'il était préférable de ne pas prononcer le nom de Dracéna devant le taulier. Jeannot nous dit « Bon appétit » avant de s'éloigner. Lefèvre me tendit une coupe de champagne.

— À la tienne ! Et à l'Américain ! dit-il en vidant son verre d'un trait.

Il le remplit aussitôt.

André Lefèvre n'était pas avare de confidences, encouragé par l'apparition d'un coq au vin et d'une bouteille de chambolle-musigny. J'en appris autant sur la nuit parisienne en une heure que si j'avais eu accès aux fichiers de la Mondaine. Il était intarissable sur les claques clandestins, les célébrités surprises en flagrant délit, leurs habitudes sexuelles. Celui-ci s'habillait en prêtre, celui-là exigeait des couches, cet autre… Il s'arrêta net.

— Excuse-moi, mon pote. Je t'emmerde avec toutes mes histoires, et j'oublie que t'es là pour une raison précise, retrouver ce mec qu'on appelle l'Américain. Allons-y, de toute façon on a fini.

Il se leva et se dirigea vers la porte. J'appelai le serveur pour lui demander l'addition.

— Tu plaisantes ! Ils devraient même nous donner du pognon, hein, Jeannot ! dit Lefèvre à Scalise, qui nous avait suivis.

— Merci, inspecteur. J'espère que vous avez bien dîné. C'est toujours un plaisir de vous voir. À bientôt.

Il nous serra la main rapidement, le sourire en voie de disparition, et referma la porte derrière nous.

Lefèvre avait un coup dans l'aile. Pas de quoi gêner un colosse de la Mondaine qui affichait des centaines de nuits au compteur.

— Fini de rigoler, dit-il. On va commencer par le Pompadour, c'est à deux pas.

On s'arrêta au Pompadour, puis à L'Heure bleue, au Petit Club, au Boudoir. J'avais l'impression d'être dans un film sur Pigalle où tout se ressemblait. Le taulier obséquieux, l'ancienne gagneuse derrière la caisse, les maîtres d'hôtel en smoking douteux, les filles fatiguées au bar. Et le même cérémonial partout : « Bonsoir, monsieur l'inspecteur, on peut vous offrir un verre, à vous et à votre collègue ? » Les réponses vagues quand on posait des questions sur l'Américain : un barman lui avait servi un whisky un soir, qu'il avait bu rapidement avant de partir… Une fille du vestiaire l'avait entendu téléphoner, mais c'était en anglais, elle n'avait rien compris… Les autres se souvenaient de son physique de cinéma, de ses cheveux blonds, presque blancs.

Au Boudoir, je crus un moment à la chance lorsqu'une certaine Mady nous dit qu'il était venu un soir et qu'elle lui avait parlé pendant le peu de temps qu'il avait passé au bar. C'était presque mot pour mot ce que Mona m'avait raconté au Grand Monde.

Il avait débarqué avec les troupes américaines… Il avait décidé de rester…

Lefèvre avait fini par être intrigué par l'Américain fantôme.

— Ça m'énerve, dit-il en sortant du dernier bar où nous avions encore fait chou blanc. Mais j'ai pas dit mon dernier mot. Demain, je vais secouer nos indics et, dès que je sais quelque chose, je te fais signe.

Je le remerciai et rentrai chez moi à pied. Je m'endormis, poursuivi par un type blond qui approchait de mes yeux, en ricanant, la flamme d'un Zippo rouge.

Quand je me réveillai, le soleil entrait par la fenêtre et le téléphone sonnait. Guido Orlando. Il voulait prendre de mes nouvelles, savoir où en était mon enquête, et aussi me dire qu'il avait reçu dans une enveloppe une carte postale, la même que celle d'Orson.

— Et que la mienne, lui dis-je.

Il ne parut pas surpris. Je lui racontai mes nuits infructueuses à Pigalle. Nous étions dans une impasse. Il se contenta de dire : « En réalité, je pense que tout ça est de l'intimidation et qu'il ne faut pas en faire un drame. » Je ne répondis pas. L'étrange Guido Orlando, jamais inquiet, toujours souriant. Quel était son rôle exact auprès d'Orson Welles ? Orson à qui, me dit-il, il allait téléphoner ce soir à Rome pour le tenir informé des derniers événements. Il me souhaita bonne chance et raccrocha.

Mme Tarot monta mon courrier. J'ouvris une lettre postée aux Champs-Élysées où je trouvai un chèque confortable de Warner Bros, accompagné d'une carte de Jack Landau qui disait : « Pensez à votre smoking, Cannes approche. Amicalement. »

Mme Tarot me parlait, mais j'étais ailleurs, à Cannes, en smoking.

— Vous m'écoutez, oui ou non ? dit Mme Tarot, énervée. C'est un monde ! Vous avez entendu Pompon cette nuit ? Il était dans les étages, y a quelqu'un qu'a dû lui marcher sur la queue et puis y a eu la porte de la rue aussi. Comment vous expliquez ça ? Avec tous les gens louches que vous fréquentez…

J'allai examiner ma serrure. Quelqu'un avait commencé à s'y intéresser avant d'être interrompu. Je rassurai Mme Tarot : c'était moi qui, en rentrant, avais marché sur la queue de Pompon et qui étais ressorti, car j'avais oublié quelque chose dans ma voiture. Elle regagna sa loge en bougonnant.

***

Le téléphone sonna.

— Tu passes me prendre à quelle heure ?

Josiane. J'avais oublié que nous devions aller voir ensemble *Dédée d'Anvers*, le film produit par son patron, Sacha Gordine.

Le film venait de sortir aux Champs-Élysées. Après les actualités, un documentaire sur l'extraction du charbon dans la Ruhr et l'entracte, les lumières s'éteignirent et je lus sur l'écran : « Les Productions Sacha Gordine présentent »… le titre du film, puis des noms, beaucoup de noms, Simone Signoret, Bernard Blier, Marcel Dalio, Marcel Pagliero et, plus bas, parmi beaucoup d'autres en très modestes caractères : Jérôme Dracéna. Quand elle vit mon nom sur l'écran, Josiane me regarda et prit ma main, qu'elle garda dans la sienne pendant toute la séance. Le film était très bon et moi inexistant, mais c'était sans importance.

En sortant, Josiane, toujours amoureuse, s'accrochait à mon bras. Ce soir, elle était habillée en Rita discrète, en Gilda effacée. Après m'avoir admiré en ivrogne effondré au bar avec Simone Signoret, elle me voyait maintenant en futur rival dangereux de Daniel Gélin et de Gérard Philipe.

— Sacha Gordine t'a trouvé très bien, dit-elle. Il m'a dit qu'il aurait sûrement un rôle pour toi dans son prochain film, *Les miracles n'ont lieu qu'une fois*, avec Jean Marais et Alida Valli, tu sais, celle qui est dans *Le Troisième Homme*.

Un rôle pour moi. Après un ivrogne anonyme, le choix était large : employé de banque, gardien de square, valet de chambre… Mais j'avais déjà pris ma décision : pour moi, le cinéma c'était fini, à peine commencé. Après ce rôle impressionnant, je me retirais.

J'en fis part à Josiane. Elle joua très bien la surprise douloureuse.

— Mais qu'est-ce que tu vas faire maintenant ? dit-elle, oubliant que le cinéma n'était pas mon métier.

— Moi ? Je vais me cacher comme Greta Garbo ou mourir jeune comme Rudolf Valentino.

— Tu es bête, dit-elle gentiment.

Chez elle, elle me posa des questions sur Orson Welles, sur Rita Hayworth surtout. Moi qui l'avais rencontrée, comment était-elle « en vrai », ses cheveux, son maquillage, sa robe, comment elle parlait ? Après m'avoir écouté, elle dit avec un sourire mélancolique :

— Qu'est-ce que je deviendrai lorsqu'elle vieillira ?

Je ne connaissais pas la réponse, seulement la façon de la consoler.

XX

Les choses s'accélérèrent dès le lendemain. Le matin, dans mon courrier, une lettre de Florence, de Californie, courte mais précise.

« Mon chéri, nous serons à Cannes à partir du 11 septembre. Nous viendrons d'abord à Paris par avion de Los Angeles pour y passer quelques jours, avant de prendre le Train bleu le 10. Orson va t'appeler de Rome. Il partira en même temps que nous, ainsi que Guido Orlando. Jack Landau est prévenu. Il s'est occupé de ton billet et de ta réservation à Cannes. Nous serons tous au Carlton, sauf Guido, qui descendra au Majestic. Voilà, tu sais tout. J'ai hâte de te revoir, tu m'as manqué. Ta Florence. »

J'étais content d'aller à Cannes. Moi qui étais fou de cinéma, j'allais baigner dedans pendant une semaine, mais j'allais aussi découvrir la Côte d'Azur, que je ne connaissais que par des photos ou des films. La générosité de Warner Bros était sans bornes et, à mes yeux, sans explication plausible. Orson avait-il vraiment besoin de moi ? À quoi jouaient David et Florence ?

Je tournai en rond dans ma tête la plus grande partie de la journée sans trouver de réponses satisfaisantes à ces deux questions. Je finis par me dire que je m'en fichais, que j'avais l'occasion de mener une vie agréable depuis un certain temps, on verrait bien jusqu'à quand.

Orson me téléphona de Rome. Il y avait du changement : il rentrerait à Paris un peu plus tôt que prévu – renvoyé par Desdémone ? – et voulait m'inviter pour un dernier dîner avant notre départ pour Cannes. Il était de très bonne humeur.

— Comment allez-vous, *dear boy* ? Comment faites-vous pour vivre sans moi ? Le temps doit vous paraître long, mais ne vous inquiétez pas, j'arrive.

— Le plus tard sera le mieux, Orson. Quand vous n'êtes pas là, je bois moins, je dors mieux et les femmes ne me parlent plus de vous.

— Vous êtes bien insolent. Pour vous punir, je vous emmène à La Méditerranée le soir de mon retour. Vous me raconterez tout, et moi je vous dirai tout ce que vous devez savoir avant notre séjour à Cannes. À bientôt, mon cher Jérôme.

Le smoking. J'avais oublié. Dans quel magasin fallait-il aller ? J'aurais pu demander conseil à Daniel Gélin ou à Pierre, mais le premier nom qui me vint à l'esprit fut celui de Tony. Je l'appelai.

Il commença par éclater de rire.

— Tu peux dire que tu as une sacrée chance ! Des smokings, j'en ai deux. Il m'en faut un pour Cannes, l'autre est pour toi. Nous faisons la même taille et à peu près le même poids. Passe chez moi avant le dîner pour l'essayer, je suis sûr qu'il t'ira.

En entrant dans l'atelier de Tony, mon regard tomba sur une nouvelle photo dans un cadre posé sur une commode. Je reconnus Hélène Dalbray, une jolie blonde qu'on voyait plus souvent au Silène qu'à l'écran.

— C'est la dernière ? demandai-je à Tony qui s'attendait à mes sarcasmes habituels.

— La toute dernière. Rencontrée au Silène, photographiée chez moi, capitulation le soir même.

— Et sa photo est encore là ? Tu vieillis !

Tony et ses trophées. Je me demandai s'il ne s'était jamais intéressé à Josiane. Sa moralité n'allait pas jusque-là.

— Approche, dit Tony en ouvrant les portes de sa penderie.

Il décrocha un smoking et me dit de l'essayer. Il semblait fait à mes mesures, mais je ne me sentais pas à l'aise dans ce vêtement bizarre tout noir, avec sa veste aux revers de satin.

— Il te va très bien, dit Tony. Dès que tu auras appris à ne pas avoir l'air d'un paysan endimanché, ce sera parfait.

On rit. J'acceptais beaucoup de choses de Tony, qui, dans certains domaines, en savait plus que moi. La mode, par exemple.

— Ce que je ne peux pas te prêter, ce sont les chaussures vernies, la chemise et le nœud papillon. Avec l'argent que tu gagnes chez Warner Bros, tu peux te permettre d'aller chez Charvet. Ne te trompe pas, mon cher plouc : le nœud papillon doit être noir, comme les chaussures vernies, et la chemise, blanche.

Sur la commode, à côté de la photo d'Hélène Dalbray, il y en avait une autre où l'on voyait Lana Turner avec Tony à son bras, en smoking.

— C'était dans une soirée à Hollywood, l'année dernière, dit Tony. Regarde bien. Si tu t'appliques, tu arriveras à me ressembler.

Cette fois, je le traitai de macaroni impuissant, de photographe de province et de gigolo inculte.

J'invitai Tony à dîner à La Coupole, pas loin de chez lui. À table, il me fit un petit cours sur Cannes, qu'il avait découverte au Festival du Cinéma en 1947.

— De toute manière, on se verra là-bas. Je suis accrédité par le *Hollywood Reporter*, je pourrai entrer partout et t'en faire profiter.

Sur le trottoir, devant La Coupole, il ne put résister.

— N'oublie pas d'emporter un maillot de bain, mais évite les slips tricotés en laine, ça fait vraiment trop français !

***

Je rentrai rue Saint-Georges avec le smoking dans un sac de voyage prêté par Tony. « Rendez-vous à Cannes, m'avait dit Tony, je serai à l'hôtel des Flots bleus. »

Je réessayai le smoking : je me sentis mieux. Demain, j'irais chez Charvet compléter ma panoplie.

Orson me téléphona à son retour et me donna rendez-vous à La Méditerranée à 9 heures. Il était déjà attablé lorsque j'arrivai au restaurant. Il avait un peu grossi à Rome. Trop de pâtes, comme d'habitude. Il était de très bonne humeur, content de retrouver son loup grillé au fenouil favori. Je n'avais pas à parler, juste à écouter. Le montage d'*Othello* était presque terminé, il avait rencontré Roberto Rossellini et…

— Devinez comment, mon cher Jérôme ? C'est Ingrid Bergman qui me l'a présenté. Ingrid est tombée amoureuse de Rossellini pendant qu'elle tournait *Stromboli* sous sa direction. Elle a quitté son mari pour lui. C'est un scandale à Hollywood et en Italie et…

— Vous vous intéressez aux scandales, maintenant, Orson ?

— Pauvre Ingrid, dit Orson en ignorant ma remarque. On va le lui faire payer, d'autant que j'ai appris qu'un nouveau magazine à scandale, *Confidential*, allait sortir aux États-Unis. Il paraît que leurs journalistes sont prêts à tout pour décrocher un scoop.

Je réussis à l'interrompre pour lui demander s'il pensait vraiment avoir une chance de décrocher le prix d'interprétation masculine pour son rôle de Harry Lime dans *Le Troisième Homme*.

J'avais jeté un froid. Il resta silencieux pendant un court moment, puis il alluma un cigare en me regardant fixement, comme il le faisait souvent, à travers un nuage de fumée. Il retrouva sa bonne humeur.

— Bien sûr que je ne vais pas l'avoir ! C'est Edward G. Robinson qui va gagner pour son rôle de banquier-escroc repenti dans *La Maison des étrangers*, de Joseph L. Mankiewicz. Vous avez l'air surpris, *dear boy*. Je ne suis pas pessimiste, je suis réaliste. Je suis un acteur amateur. Je vais à Cannes pour m'amuser et voir *Le Troisième Homme* décrocher le grand prix. Carol Reed le mérite. Acteur ! Personne ne me fait moins rêver qu'un acteur quand on connaît l'envers du décor.

Il était lancé, je ne pouvais pas et ne voulais pas l'arrêter.

— Prenez Humphrey Bogart, par exemple, qu'on voit souvent dans des bagarres à l'écran. Il n'y avait pas plus trouillard que lui. À ses débuts, quand il était saoul dans un night-club, il provoquait les gens en sachant que le personnel le retiendrait. Et le couple mythique Katharine Hepburn-Spencer Tracy ?

Katharine a couché avec la moitié de Hollywood et Spencer est un emmerdeur irlandais qui…

Je le coupai brutalement :

— Cela me fait plaisir de voir que vous êtes en pleine forme, Orson. Votre jeu de massacre est terminé ?

— Vous avez raison, assez parlé des acteurs, c'est ennuyeux.

« Pas pour moi », avais-je envie de lui dire.

— Parlons de Cannes. Nous y serons après la soirée d'inauguration, qui promet d'être pénible, avec des gens que j'évite de voir à Hollywood. Espérons, dit Orson en pointant son cigare vers moi, que l'homme au Zippo rouge nous fichera la paix. Je ne vois pas très bien ce qu'il pourrait faire en plein Festival.

— Ne soyez pas naïf, Orson. Il peut essayer de vous compromettre dans un scandale avant la projection du *Troisième Homme*, ou faire circuler de fausses nouvelles à propos d'*Othello*. Il n'y a pas que lui : on ne sait toujours pas qui est derrière la carte postale d'Atlantic City, ni les photos de Dolorès Del Rio, ni les lettres anonymes avec les citations de Shakespeare. Cela fait du monde.

— D'accord, d'accord, Jérôme, mais n'espérez pas que je resterai cloîtré au Carlton pendant que tout le monde s'amusera dehors.

— On verra.

— C'est tout vu, dit Orson.

Au troisième cognac, il entreprit de me faire un cours sur les mœurs cannoises pendant le Festival. Je pris des notes pour lui faire plaisir et on se sépara, lui pour regagner son cher Lancaster, moi ma tanière de la rue Saint-Georges.

***

Je m'offris deux chemises de smoking, des chaussures vernies et un nœud papillon chez Charvet. Je dînai une fois chez Brasseur et passai quelques nuits avec Josiane. J'allai chercher mon billet de train chez Warner Bros et, le 10 septembre au soir, je me tenais sur le quai du Train bleu, à la Gare de Lyon. J'avais rendez-vous avec Orson Welles, David et Florence Warner, Guido Orlando. Direction : Cannes.

XXI

Guido Orlando était déjà là, dans un costume blanc et des chaussures bicolores.

— Vous avez votre billet, Jérôme ? Nous sommes dans le même compartiment, installons-nous avant que les autres arrivent.

Il donna nos deux billets au contrôleur qui nous fit monter dans la voiture-lit et nous ouvrit la porte de notre compartiment, où il rangea nos bagages. C'était luxueux. Je n'avais jamais voyagé dans ce genre de train. Rien à voir avec le Paris-Anvers en deuxième classe que j'avais pris pour le tournage de *Dédée d'Anvers*. Warner Bros faisait bien les choses.

Nous étions assis l'un en face de l'autre sur des banquettes qui se transformeraient plus tard en lits – « Pendant le dîner », précisa Orlando.

— David et Florence sont dans le compartiment voisin et Orson dans le suivant, dit-il. Nous dînerons peu de temps après le départ. Orson a tenu à ce qu'on réserve pour le premier service. Vous le connaissez, il a déjà faim avant d'être monté dans le train !

Je redescendis sur le quai et vis d'abord arriver Florence, habillée comme pour un cocktail, suivie par David et un porteur qui poussait un chariot chargé de valises Vuitton. Orson fermait la marche, une grande boîte de cigares et un paquet de journaux sous le bras. Il portait un costume beige clair, une chemise bleu ciel et un nœud papillon bleu marine à pois blancs.

— C'est ma tenue de Riviera, dit-il en arrivant à ma hauteur. Vous devriez suivre mon exemple, mon cher Jérôme, ce que vous portez est bien triste. Nous allons arranger ça à Cannes.

Je portais un costume gris. Orson avait raison, c'était triste et ennuyeux. Je m'imaginai sous le soleil, au milieu des palmiers, montré du doigt par des starlettes ricaneuses.

Florence, après m'avoir embrassé, monta dans le wagon devant David, Orson encore sur le quai allumant un cigare. Je montai derrière lui tandis que le porteur s'occupait des bagages : cinq valises pour David et Florence, deux pour Orson. Nous étions tous dans le couloir, devant nos compartiments.

— Une fois que vous serez installés, dit Orson sur le pas de sa porte, rendez-vous au wagon-restaurant. Je meurs de faim !

Quand le train démarra, j'étais assis près de la fenêtre et Guido lisait un magazine italien.

— D'après le journaliste, dit-il en me montrant une double page où s'étalait une photo d'Orson, l'air préoccupé, à côté d'un cliché d'une Rita Hayworth au regard amoureux, « Rita, qui s'est mariée récemment avec Ali Khan, traduisit Guido, pourrait venir à Cannes dans le but de récupérer Orson qu'elle aime toujours ». C'est un magazine à scandale qui a l'habitude de mélanger le vrai et le faux. Je n'y crois pas, mais il faut se méfier, même si je sais que pour Orson il n'en est pas question, c'est du passé. Gardez tout de même ça en tête, Jérôme : aucun risque n'est à négliger…

Rita Hayworth à Cannes pour reprendre Orson Welles. Je n'y croyais pas une seconde, mais Orlando avait semé le doute dans mon esprit, m'obligeant à me demander s'il fallait que j'en parle avec Orson.

— Allons dîner ! dit Orlando en se levant. Je parie qu'Orson est déjà au wagon-restaurant.

Le train avait pris de la vitesse. En marchant dans le couloir, je regardai par les fenêtres disparaître entre chien et loup les dernières banlieues parisiennes. Les lumières du wagon s'allumèrent.

Orson, David et Florence étaient déjà assis devant une bouteille de champagne ; Orson étudiait le menu d'un air glouton.

Florence s'était changée, Orson et David étaient restés tels quels. Des voyageurs, qui avaient reconnu Orson, regardaient vers notre table en chuchotant. Orson avait fini sa lecture et le maître d'hôtel approchait.

— *Dear boy*, vous allez encore dire que je vous martyrise, mais il n'y a pas de carte ici. C'est un menu, le choix est donc limité. Alors, j'ai choisi pour tout le monde : macaronis au gratin et, pour suivre, un loup de la Baie des Anges.

Le maître d'hôtel se pencha respectueusement.

— C'est une recette inventée par le duc de Windsor, monsieur Welles.

— Il n'a que ça à faire, ce pauvre duc, ricana Orson en rendant le menu au maître d'hôtel.

Florence s'excusa et commanda une salade et une tranche de jambon, en expliquant : « C'est moi qui vais me montrer sur la plage qui grouille de photographes, pas vous. J'ai raison, n'est-ce pas, mon chéri », dit-elle à David qui répondit : « Tu as toujours raison, mon amour », en la couvant du regard.

La nuit était tombée. De petites lampes sur les tables diffusaient une lumière douce qui donnait à cette salle à manger roulante une atmosphère de boîte de nuit.

— Cannes est un nid de guêpes, dit Orson en engloutissant ses macaronis. Attention à ne pas vous faire piquer, Jérôme.

Pourquoi s'adressait-il à moi et pas aux autres ? Probablement parce que j'y venais pour la première fois.

— Tu connais la dernière de Harry Cohn, Orson ? demanda David.

— J'ai hâte de l'entendre.

— Le bruit avait couru à Hollywood qu'il avait un ulcère, dit David sur un ton réjoui. Devine ce qu'il a répondu à un type qui lui demandait des nouvelles de sa santé : « Je n'ai pas d'ulcère, j'en donne. »

Le rire tonitruant d'Orson déferla.

— Ce salaud, qui était amoureux de Rita, dit-il. Il m'a toujours haï, même avant qu'il ne produise *La Dame de Shanghai*. Il déteste tout le monde, les scénaristes, les réalisateurs, les acteurs qui pensent. Remarquez, il n'a pas toujours tort. Je pense que l'intelligence est un handicap chez un acteur.

Je sentis que c'était le bon moment pour le relancer dans son numéro sur les acteurs auquel j'avais eu droit à La Méditerranée.

— Vous exagérez, Orson. Vous n'allez pas me dire qu'un grand acteur comme Laurence Olivier n'est pas intelligent ?

Il avait mordu à l'hameçon. Une bouchée de loup de la Baie des Anges, un verre de chablis et puis :

— Laurence Olivier est stupide. Joan Fontaine est une vieille et mauvaise actrice. Je n'ai jamais pu supporter la vue de Bette Davis et j'ai refusé de jouer dans *Hantise* en 1944, parce qu'il y avait Irene Dunne dans la distribution. Elle était d'une bêtise ! Collet monté aussi. Une sainte-nitouche qui était à la tête de toutes les organisations pro-censure à Hollywood.

Il était lancé. Pas besoin de remettre du charbon dans la chaudière.

— Moi, j'ai la dernière de Hitchcock, dit Orson qui venait de finir son assiette et attendait l'arrivée de la tarte tatin qu'il avait commandée. Un journaliste lui a demandé s'il était vrai qu'il avait déclaré que les acteurs étaient du bétail. Hitch a répondu : « Je n'ai jamais dit ça, j'ai dit qu'il fallait les traiter COMME du bétail ! »

Tout le monde rit, même ceux qui connaissaient l'histoire.

Orson engloutit sa tarte tatin, puis ralluma son cigare. On se regardait, Florence, David, Orlando et moi : Orson, comme d'habitude, avait tenu la vedette. Ce que nous aurions voulu dire serait pour une autre fois.

Orson se leva brusquement.

— J'ai besoin de parler en tête à tête avec Jérôme, dit-il. Rendez-vous demain matin pour le petit déjeuner, avant notre arrivée à Nice. Venez, *dear boy*, le bar nous attend.

Le bar était au bout du wagon-restaurant. La gueule fatiguée du barman indiquait une longue pratique des incouchables qui venaient se finir chez lui après le dîner.

Orson demanda deux cognacs et alluma un tronc d'arbre dont il tira quelques bouffées, qu'il souffla dans ma direction. Je toussai.

— Il est temps que vous vous mettiez au cigare,

mon cher Jérôme. Le meilleur ami de l'homme, un ami qui porte chance. L'oncle de David, Jack Warner, fumait un Hoyo de Monterrey lorsqu'il a gagné un banco de 100 millions de francs au Palm Beach de Cannes. Il a gardé en souvenir le mégot du cigare.

Il me tendit un de ses gros modules.

— Essayez. Si vous êtes malade, nous tirerons le signal d'alarme et nous vous ferons hospitaliser à Nice en arrivant.

Je déclinai.

— Si je suis malade, qui écoutera les horreurs que vous déversez sur les acteurs, qui poursuivra en pleine nuit des types avec des Zippo rouges, qui vous dira que vous êtes génial ?

— Pas mal, dit Orson. C'est la réponse que j'aurais faite. Un bon point.

On riait maintenant devant nos nouveaux cognacs jusqu'à ce qu'Orson s'arrête net. Il avait son regard gourmand, celui qu'il réservait habituellement à la lecture d'une carte de restaurant ou à l'attente d'une confidence de son interlocuteur. Mais ce soir, c'était à moi d'écouter.

— Si j'ai voulu vous voir en tête à tête, dit-il en se penchant vers moi, c'est parce que ce que je vais vous demander est confidentiel. Je voudrais qu'à partir de demain vous teniez un journal quotidien de vos activités à Cannes, des déjeuners et des dîners, avec ou sans moi, mais aussi de vos activités personnelles, vos impressions sur Cannes, les gens que vous aurez rencontrés. Comme un rapport de police, si vous voulez, ou, si vous préférez, comme un reportage pour un magazine.

— Je peux vous demander pourquoi ?

— C'est très simple. Je veux faire un film sur

le Festival de Cannes l'année prochaine. L'ambiance, les vedettes, les films, les réactions des Cannois, les starlettes, les producteurs, la vie nocturne… Ce ne sera pas un film de fiction, mais plutôt un documentaire comme celui que j'ai réalisé au Brésil en 1942. C'est David qui produira le film. Grâce à vous, j'aurai accès à l'envers du décor. Ne vous censurez pas, n'hésitez pas à me critiquer si vous en avez envie… et vous en aurez sûrement envie ! Vous me remettrez le résultat avant notre départ de Cannes. Cela vous convient ?

Bien sûr que cela me convenait malgré l'étrangeté de la proposition, mais Orson Welles, c'était Orson Welles : les vraies questions, je me les poserais plus tard.

Deux heures du matin. Le bar était vide, le barman, maussade mais stoïque. Nous étions devant d'autres cognacs, jumeaux de ceux que nous avions descendus après le dîner. Je tenais bien l'alcool, ce qu'Orson appréciait. Cela me permettait de lui tenir tête et parfois de le faire délibérément sortir de ses gonds lorsque je lui reprochais un détail, dans *Citizen Kane*, par exemple.

Nous regagnâmes nos compartiments en titubant dans les couloirs, notre démarche aggravée par le roulis du train lancé dans la nuit. Arrivé devant le mien, je me retournai vers Orson.

— J'aimerais bien commencer mon journal à partir de ce soir, mais je serais obligé de raconter que vous tenez moins bien l'alcool qu'avant et que vous n'avez fumé que trois cigares.

Un rugissement retentit dans le couloir.

— Au cas où vous changeriez d'avis, dit Orson, je vous rends votre stylo.

Dans mon compartiment, Orlando ronflait en italien.

FESTIVAL

Samedi

Deux voitures avec chauffeur nous attendaient devant la gare de Nice. Nous avons pris la direction de Cannes. Il faisait beau et chaud. C'est la première fois que je viens sur la Côte d'Azur. La mer, les plages, les palmiers, les villas blanches qui se détachaient sur le ciel bleu, je me sentais comme « un congé payé de 1936 », m'aurait dit Brasseur, en vacances dans une carte postale.

Les voitures se sont arrêtées devant l'entrée de l'hôtel Carlton. Des grooms se sont précipités pour prendre nos bagages. Orlando, qui descendait au Majestic, est parti de son côté.

Le Carlton n'est pas un simple hôtel de luxe, c'est un palace, une pâtisserie blanche qui date du début du siècle. Des gens bronzés entraient et sortaient, des filles en short riaient très fort sous les yeux affamés d'un gros type chauve qui ressemblait à un crapaud. « C'est sûrement un producteur », a dit Orson en passant à côté de lui.

On nous a remis nos clés à la réception. Orson a la suite 604, ma chambre est en face au 611, et David et Florence occupent la suite 528 à l'étage au-dessous.

Nous nous sommes séparés avant de monter dans l'ascenseur. Orson a disparu sans dire ce qu'il allait faire. Florence et David ont suivi, accompagnés par un groom et leurs valises Vuitton. Au moment où j'allais monter dans l'ascenseur, le réceptionniste est venu me remettre un message :

« Appelle-moi quand tu seras installé. Je suis à l'hôtel des Flots bleus, sur la Croisette. Ton ami Tony. »

Comment connaissait-il le jour de mon arrivée ? Quand j'avais dîné chez lui, je lui avais simplement dit que je serais à Cannes pendant le Festival, sans préciser les dates de mon séjour.

Ma chambre est simple et luxueuse à la fois. Elle me rappelle celle du Lancaster, en plus gai. Elle donne sur les toits de Cannes et, lorsque j'ouvre les fenêtres, j'entends pour la première fois de ma vie le chant des cigales. Oui, un vrai « congé payé de 1936 ».

J'ai ouvert ma valise et j'en ai sorti mon uniforme cannois : des pantalons en tissu léger, des chemises d'été, une veste bleu marine en toile et le smoking avec ses accessoires, chemise blanche, chaussures vernies, nœud papillon. Et mon « triste » costume gris en réserve.

Après m'être douché et changé, j'ai appelé le concierge pour lui demander qu'il me procure une machine à écrire, du papier et qu'il me donne le numéro de téléphone des Flots bleus.

Tony était surexcité :

— J'ai plein de choses à te raconter. Viens me chercher à l'hôtel, on ira déjeuner sur une plage.

Quand je suis descendu, j'ai eu un choc en reconnaissant l'homme qui discutait avec un client au milieu du hall : André Sonier ! Je connais André depuis la

Libération lorsqu'il était concierge à l'hôtel George-V à Paris. Il avait caché des Juifs pendant l'Occupation, mais il n'en parlait pas. Nous avons eu des amis communs pendant les années noires, certains résistants, d'autre moins, que nous évoquons parfois devant un verre. Nous avons tous les deux la mémoire des services rendus.

Nous sommes tombés dans les bras l'un de l'autre et il m'a entraîné au bar, où il a commandé du champagne en disant :

— On va fêter l'arrivée d'un homme qui a toujours su se débarrasser avec élégance des gens ennuyeux !

Un couple, à côté de nous, m'a regardé sans comprendre.

— Je suis rentré de voyage ce matin, m'a dit André. J'ai juste eu le temps de jeter un coup d'œil à la liste des arrivées où j'ai vu le nom d'Orson Welles, mais je n'ai pas vu le tien. Pardonne-moi, j'oublie de te dire que je suis sous-directeur de l'hôtel depuis l'année dernière.

Je l'ai félicité et nous avons commencé par évoquer quelques souvenirs, puis je lui ai expliqué mon rôle auprès d'Orson sans entrer dans les détails, mais en insistant sur les mots sécurité et discrétion. Avec André, j'ai un allié dans la place.

— Demain, je te ferai faire un tour de l'hôtel, m'a-t-il dit en me raccompagnant jusqu'à l'entrée, après m'avoir expliqué le chemin pour aller aux Flots bleus.

— Tu verras, c'est aussi bien placé que le Carlton, sauf que les clients sont pauvres. Mais il y a de la starlette à tous les étages !

L'hôtel était sur la Croisette, à quelques minutes à pied du Carlton. Tony m'attendait à la réception. Il était déjà bronzé. Ce n'était pas la peine de lui demander d'où venait sa chemise à fleurs californienne. Il fallait des lunettes noires pour la regarder.

On a traversé la Croisette et on est descendus jusqu'à un restaurant dont les tables et les parasols étaient installés sur la plage. Encore une nouveauté pour moi, l'émigré de la rue Saint-Georges.

Bien entendu, Tony était comme chez lui. Le patron nous a donné une table d'où l'on pouvait surveiller les allées et venues de filles bronzées et d'autres gros types chauves ressemblant à des crapauds, qui avaient envie de les connaître. Je voyais des baigneurs et surtout des baigneuses sortir de l'eau en s'ébrouant, des filles s'enduisant d'Ambre solaire, des vieilles grillant au soleil pour être marron le soir en rentrant à l'hôtel.

— C'est dommage que tu ne sois pas venu plus tôt, m'a dit Tony en attaquant une salade niçoise, la soirée d'inauguration a été magnifique. Il y a eu un feu d'artifice et une garden-party au Grand Hôtel. Et deux jours plus tard, une Nuit Bleue à Eden Roc, avec un lâcher de pigeons lumineux. Tu sais que le Festival a été inauguré par votre sous-secrétaire d'État à la présidence du Conseil, François Mitterrand, qui a monté les marches du Palais et…

— J'ai vu les photos dans *Ciné Revue* ce matin. Parle-moi plutôt des stars de la soirée.

— Tu aurais été servi : Tyrone Power, Edward G. Robinson, le duc et la duchesse de Windsor, Martine Carol, Jean-Pierre Aumont, Daniel Gélin, Suzy Delair, Errol Flynn – lui, il n'est pas descendu au Carlton, il habite sur son yacht, le *Zaca*. Tu vas venir avec moi au Palais des Festivals. Je suis au mieux avec Louisette Fargette, la chef du service de presse : j'ai fait des photos de ses enfants, elle n'a rien à me refuser. Je vais te faire accréditer comme mon assistant – n'oublie pas que je couvre le Festival pour le *Hollywood Reporter* – et tu pourras aller partout avec ton laissez-passer.

Après le déjeuner, nous sommes allés au Palais des Festivals, une espèce de cube vitré pas très beau, à côté du Carlton. Tony a embrassé Louisette Fargette, une femme ni jolie ni laide qui, visiblement, n'était pas insensible au baratin de Tony.

— Jérôme est mon bras droit, vous ne pouvez pas nous séparer, a dit Tony en la prenant par la taille.

Louisette Fargette a levé les yeux au ciel en souriant comme pour dire : « Ce Tony, on ne peut rien lui refuser », et elle m'a remis un laissez-passer après l'avoir rempli.

En sortant du Palais, Tony m'a fait un peu découvrir Cannes, les vieilles rues du Suquet, le port, la rue d'Antibes et ses magasins, l'hôtel Martinez, un autre nid de stars. Nous nous sommes quittés devant le Carlton.

J'avais envie de continuer seul dans Cannes, mais j'étais fatigué. Les ronflements de Guido Orlando m'ont fait passer une mauvaise nuit dans le Train bleu, et ce soir il y avait déjà un dîner de gala au programme. Je me suis endormi en lisant *Cinémonde*, où j'ai appris, dans la rubrique de Viviane Papote, qu'Errol Flynn porte des chaussettes rouges, et que Luis Mariano possède cinquante costumes et soixante-cinq paires de chaussures.

Orson m'a appelé pour me dire qu'il n'assisterait pas au gala, il devait dîner avec son ami Gregg Toland, le chef opérateur de *Citizen Kane*, de passage à Cannes pour quelques jours.

J'ai un souvenir si fort des images de *Citizen Kane*

que j'ai envié Orson comme s'il m'avait annoncé qu'il dînait avec Marlene Dietrich.

— Vous avez de la chance, a continué Orson, vous allez voir *Nous avons gagné ce soir* de Robert Wise, qui fait partie de la sélection officielle américaine. Il paraît que l'acteur principal, Robert Ryan, est formidable. Vous me raconterez lorsque nous nous verrons demain.

Vers 7 heures, j'ai commencé à préparer mon smoking que j'ai disposé sur mon lit, en posant la chemise blanche et le nœud papillon dessus. J'ai eu l'impression de regarder un inconnu qui me narguait.

Je suis parti avec David, Florence et Orlando à la projection de *Nous avons gagné ce soir*. Orson avait raison. Ça se passe dans le milieu corrompu de la boxe en Amérique et Robert Ryan est impressionnant. Un dîner au Martinez, donné par RKO, la production, suivait, où j'ai retrouvé Tony qui était à ma table, assis à côté d'une blonde spectaculaire qu'il m'a présentée comme « Tilda Thamar, la bombe argentine », mais il a été incapable de me citer un de ses films. Il a essayé de m'entraîner dans une tournée de boîtes mais j'ai résisté.

Dimanche

Ce matin, Florence m'a demandé de l'accompagner à la projection de *Rendez-vous de juillet* qui fait partie de la sélection officielle française. Rien ne pouvait me faire plus plaisir. Elle m'a donné rendez-vous au Carlton à 4 heures.

André Sonier m'a téléphoné pour me rappeler qu'il devait me faire visiter l'hôtel. Je suis descendu vers 11 heures, après avoir tapé avec deux doigts, comme au 36, mes impressions de la veille. Je ne sais pas à quoi elles vont servir : je les trouve sans intérêt, mais Orson veut ce rapport et il l'aura.

André m'a montré des chambres, des suites, qui étaient occupées ou avaient été occupées par des vedettes. Celle de Martine Carol était en pleins travaux, après avoir été saccagée par ses deux chihuahuas.

— Elle s'en fout, c'est son futur mari, Steve Crane, un millionnaire américain, qui paiera, a dit André.

Au bar, il m'a présenté Jules, le chef barman.

— L'homme le plus important du Carlton : il entend tout, il sait tout, il ne dit rien.

Jules regardait André avec adoration.

Quand il s'est éloigné, André m'a dit :

— À propos de ta vie nocturne, tu fais ce que tu veux, mais il faut que tu saches que je tiens un registre qui s'appelle « Musiques de nuit ». Grâce au personnel, je sais tout ce qui s'est passé pendant la nuit. Ne me déçois pas !

Je n'avais pas de nouvelles d'Orson, ni de Guido Orlando. Je suis parti à l'aventure dans les rues de Cannes. Je me suis acheté un maillot de bain bleu dans un magasin d'articles de sport, et j'ai continué jusqu'au Suquet, que Tony m'a fait découvrir hier. J'aime bien l'atmosphère de ses petites rues et des bistrots qui portent des noms simples, comme Le Bar de la marine ou Le Rendez-vous des amis. Je me suis assis à une terrasse au soleil et j'ai commandé une salade niçoise, comme hier, et un poisson grillé.

À la table d'à côté, deux types discutaient avec l'accent provençal.

— Ho ! Tu l'as vu, toi, le *Zaca*, le yacht à Errol Flynn ?

— Eh non, où il est ?

— Il mouille à Villefranche, mais il paraît qu'il doit arriver ces jours-ci.

— Alors, ça va.

Encore le *Zaca*. Il fallait que j'en parle à Tony très vite.

J'ai traîné à la terrasse et je suis revenu à pied au Carlton où j'ai attendu Florence au bar, qui était désert.

Elle est arrivée comme une vedette, mais il n'y avait personne pour l'accueillir, sauf moi. Elle portait un pantalon corsaire de toile rouge moulant, un chemisier blanc très échancré et des boucles d'oreilles dont elle m'a dit tout de suite qu'elles venaient de chez Van Cleef et Arpels. J'ai fait semblant d'être impressionné. Elle n'a rien commandé.

— Nous allons être en retard, m'a-t-elle dit sur la Croisette en me tirant vers le Palais des Festivals.

Elle avait une invitation et moi, mon accréditation. Nous nous sommes assis au moment où les lumières s'éteignaient. Florence a pris ma main pendant tout le film. Un sentiment de tristesse m'a envahi au fur et à mesure de la projection. Je regrettais de n'avoir pas participé à cette aventure, de n'avoir pas connu ces acteurs de ma génération avec lesquels j'aurais sûrement sympathisé. Daniel Gélin était parfait. Il m'a dit avant de partir qu'il serait à Cannes et je veux le voir vite. L'accueil de la salle a été bon, mais pas autant que je l'avais espéré.

Florence aussi a aimé le film, mais je n'écoutais pas ce qu'elle disait. Mon esprit était ailleurs, mon moral revenu au beau fixe : j'étais sûr maintenant d'avoir fait le bon choix entre Orson Welles et *Rendez-vous de juillet*.

Nous sommes retournés au Carlton.

— Tu as dû oublier, m'a rappelé Florence, que ce soir nous allons à la projection de *La Maison des otages*, avec Edward G. Robinson. Je te rappelle qu'il est en piste pour le prix d'interprétation masculine, contre Orson dans *Le Troisième Homme*. Après, il y a un dîner au Palm Beach, donné par la production. J'ai hâte de te revoir dans ton smoking. Avec toutes les jolies femmes qui seront là, je vais être jalouse.

Elle m'a embrassé légèrement sur les lèvres et elle est montée dans sa suite. Je ne sais pas pourquoi, j'ai eu une pensée pour David.

Sept heures. Florence, David et Orlando m'attendaient au bar en buvant des cocktails. Orson n'était pas là. Il était en retard ?

— Non, m'a répondu David, il dîne avec des amis venus de Rome pour vingt-quatre heures. Il nous rejoindra au bar plus tard.

Au Palais des Festivals, les photographes se pressaient de chaque côté des marches. À notre passage, il n'y a eu que trois ou quatre flashes, dont l'un venant de Tony, qui m'a fait signe de loin. C'était normal, nous n'étions pas des vedettes, mais dans la salle, nous étions bien placés. Je commençais à me sentir à l'aise dans mon smoking. J'ai reconnu Tyrone Power, Edward G. Robinson, Errol Flynn, Jean-Pierre Aumont et sa femme, Maria Montez, tous ceux dont m'avait parlé Tony.

J'ai compris Orson lorsqu'il avait déclaré qu'il n'aurait pas le prix d'interprétation face à Edward G. Robinson. Il est exceptionnel dans le rôle d'un avocat qui sort de prison avec l'intention de se venger. Le film a été longuement applaudi et tout le monde s'est levé. Une horde de smokings a pris le chemin du Palm Beach. Les invités se sont assis autour des tables de quatre, six ou huit personnes. La table de David était près de l'orchestre. Lorsque j'ai entendu l'orchestre attaquer « Laura », la chanson du film d'Otto Preminger, j'ai invité Florence à danser. Elle s'est tout de suite collée à moi. J'ai préféré l'emmener de l'autre côté de la piste. David essayait de nous suivre du regard. Orlando mangeait des yeux une de ces filles bien en chair qu'il appelle des « poitrinaires ». En passant devant sa table, j'ai vu qu'Errol Flynn portait des chaussettes rouges.

Lorsque nous sommes retournés au Carlton, Orson était au bar, en conversation animée avec une fille très décolletée, très bronzée, plutôt jolie mais un peu trop voyante, qui sentait la starlette en chasse. Lorsqu'elle nous a vus, elle s'est éloignée rapidement et s'est dirigée vers la sortie.

— Encore une admiratrice qui a essayé de me faire croire qu'elle voulait me parler de *Citizen Kane*, mais ça n'a pas pris, a dit Orson en vidant son verre.

Tout le monde a ri, pas dupe. David, Florence et Orlando sont partis se coucher au moment où Tony arrivait.

Orson et lui se sont salués amicalement. Tony ne m'avait jamais dit qu'il connaissait Orson. Devant mon air surpris, Orson a expliqué :

— Cela fait plusieurs années que, entre Hollywood, Paris et Rome, nos chemins se croisent. Et si je me souviens bien, Tony, vous avez fait des photos de mon ex-femme à Hollywood, non ?

— Mais oui, Orson, et vous les aviez trouvées très bonnes.

Orson a pris son air bonhomme qui révèle d'habitude – mais il ne le sait pas – que ses explications ne tiennent pas la route.

— Vous allez m'excuser, mais j'ai eu une journée fatigante. Je vais me coucher, a-t-il dit en étouffant un faux bâillement. Je vous laisse, vous n'avez pas besoin de moi pour vous amuser.

Nous avons bu quelques verres au bar et Tony m'a proposé de continuer à La Chunga, une boîte en face du Martinez où, m'a-t-il dit, « le type qui rentre chez lui seul n'est pas un homme ! ».

On était bien à La Chunga. Trop de bruit, trop de musique, mais beaucoup de filles. J'ai eu l'impression qu'il y avait là toutes celles que j'avais vues sur la plage et sur la Croisette. On a bu ce qu'il fallait. Tony est parti à la pêche, il est revenu avec deux belles prises, une blonde et une brune, qui s'appelaient Suzy et Marina. Profession : « modèle » et « actrice de cinéma », ont-elles annoncé. Bien sûr.

— Choisis, m'a dit Tony à l'oreille après me les avoir présentées.

J'ai pris Marina, la brune. En quelques minutes, j'ai appris qu'elle était niçoise, qu'elle avait rencontré un producteur qui allait lui faire faire des essais. Elle était jolie et sympathique, mais je n'écoutais plus. Depuis que j'avais vu Orson avec la starlette au Carlton, où ils avaient l'air tous les deux de s'entendre – sur quoi ? –, j'essayais de donner le change, mais je sonnais faux. Un pressentiment ne me quittait pas.

Tony n'a pas essayé de me retenir lorsque j'ai dit que j'allais rentrer.

— Vous n'êtes pas marrant, m'a dit Marina en prenant l'air boudeur.

— Je ne suis pas marrant, je suis persévérant. Je serai là demain soir, et vous ?

Elle a souri.

J'ai marché le plus rapidement possible jusqu'au Carlton. Il était 2 heures passées. En prenant ma clé à la réception, j'ai vu la starlette qui attendait dans l'ombre au bar qui était en train de fermer. Elle s'est levée et s'est dirigée vers l'ascenseur. Elle ne pouvait pas me voir. Une fille en sortait. Elles se connaissaient, elles ont allumé des cigarettes et elles ont fait quelques pas ensemble en bavardant. Elles me tournaient le dos, j'ai couru jusqu'à l'escalier. J'ai continué à courir en montant, un soufflet de forge dans la poitrine, et je suis arrivé au sixième étage. J'étais en nage, j'avais l'impression que je transpirais du whisky. Je me suis planqué au bout du couloir. J'ai entendu les portes de l'ascenseur s'ouvrir. La starlette s'est avancée lentement en regardant les numéros des chambres. Arrivée devant le 604, elle a frappé légèrement et j'ai entendu la voix d'Orson qui disait « Qui est là ? ». Elle a répondu « C'est moi » et la porte s'est ouverte.

Elle ne m'avait pas entendu venir sur la moquette du couloir. Je lui ai sauté dessus au moment où elle entrait. Je l'avais saisie à bras-le-corps et nous sommes tombés tous les deux sur le tapis, aux pieds d'Orson. Elle allait crier, mais j'ai mis ma main sur sa bouche en lui disant de se taire, tandis que je lui serrais la gorge de plus en plus fort en lui répétant de la fermer. Elle ne comprenait pas. Je lui ai cogné un peu la tête sur le sol, juste ce qu'il fallait. Orson regardait la scène, stupéfait, sans un mot. Je lui ai dit d'aller chercher un foulard avec lequel j'ai bâillonné la fille. Elle allait revenir à elle d'une minute à l'autre.

J'ai dit sèchement à Orson :

— Laissez-moi faire. Vous me donnerez des explications plus tard.

J'ai installé la fille sur le canapé, j'ai ouvert son sac. Il y avait un poudrier, un rouge à lèvres, un paquet de Camel, un briquet, un mouchoir, une clé de chambre de l'hôtel des Flots bleus que j'ai mise dans ma poche, et une carte d'identité au nom de Mireille Gioffredo, 25 rue Raimbaldi, Nice (Alpes-Maritimes). Je me suis assis à côté d'elle. Son regard me défiait, mais elle avait peur.

— Si tu promets de ne pas crier, j'enlève ton bâillon et tu pourras t'expliquer.

Elle a cligné des yeux pour montrer qu'elle acceptait. Je l'ai débâillonnée. Orson regardait et écoutait, derrière le canapé.

— Qui t'envoie ?

— Personne.

— Je recommence : qui t'envoie ?

— Personne, je vous dis. J'ai rencontré M. Welles ce soir, au bar du Carlton, j'ai vu que je lui plaisais et quand il m'a donné rendez-vous plus tard, j'ai accepté. C'est tout.

— Continue comme ça et ce n'est plus à moi que tu auras affaire, mais aux flics, qui t'embarqueront pour racolage. C'est ce que tu veux ?

Elle m'a regardé pendant un moment avant de fondre en larmes. Je lui ai tendu son mouchoir.

— Je vais tout vous dire, mais, s'il vous plaît, n'appelez pas la police, j'ai rien fait de mal. Je suis juste venue à Cannes tenter ma chance pendant le Festival. L'autre soir j'ai rencontré un type au bar du Martinez. Il m'a offert un verre et m'a proposé de me payer pour séduire M. Welles. Je devais m'arranger pour qu'il me donne rendez-vous plus tard dans sa chambre. J'avais besoin d'argent, j'ai accepté.

— C'est tout ? Tu te fous de moi !

Elle hésitait.

— Au bout d'un moment, je devais me déshabiller et, lorsque M. Welles s'approcherait de moi, je devais crier « Au viol ! ». Ça aurait fait un scandale dans l'hôtel.

— Le type, il ressemble à quoi ?

— Un blond athlétique, genre acteur. C'est un Américain, mais il parle assez bien le français.

Lorsque je lui ai demandé combien elle avait été payée, elle a ouvert son sac et, d'une pochette latérale que je n'avais pas remarquée, elle a tiré trois moitiés de billets de 10 000 francs.

On s'est regardés avec Orson, et Mireille a dit :

— Il voulait être sûr que je le ferais. Il doit me donner le reste à midi à mon hôtel, Les Flots bleus.

Elle s'est mise à geindre :

— Je regrette.

Tout à coup, l'adrénaline est arrivée sans prévenir. Enfin un peu d'action. Orson avait l'air passionné par la situation. Je lui ai demandé s'il avait de l'argent liquide. Il a hoché la tête et je lui ai dit de me donner 40 000 francs. Il est allé les chercher dans sa chambre, il me les a remis et je les ai rangés dans le sac de la fille à la place des moitiés de billets de 10 000 francs.

Mireille et Orson me regardaient, sans comprendre. J'ai dit à Mireille :

— C'est le prix pour que tu la fermes. On va sortir tous les deux et je vais te mettre dans un taxi qui t'emmènera jusqu'à Nice. Tu resteras chez toi et tu te feras oublier, tu as bien compris ? N'oublie pas que je connais ton adresse, 25 rue Raimbaldi.

Elle a geint :

— Et mes affaires qui sont dans ma chambre, aux Flots bleus ?

— Ça va comme ça. Avec ce qu'on t'a donné, tu as de quoi tout remplacer.

Elle avait de la chance, Mireille, que ça se termine aussi bien pour elle, qu'on ne soit pas de vrais méchants. Elle s'est rajustée, remaquillée et recoiffée. J'ai vu qu'Orson la regardait partir avec un certain regret.

Elle a fait un petit signe d'adieu de la main à Orson, et nous sommes descendus dans le hall, où le concierge de nuit m'a fait un clin d'œil. Ça donnerait du croustillant à son rapport pour André Sonier. On est sortis sur la Croisette, où j'ai arrêté un taxi. Avant de monter dans la voiture, elle a dit en effleurant ma joue :

— Fais-moi signe si tu viens à Nice.

Quand je suis remonté chez Orson, il s'était servi un verre et il avait allumé un grand cigare. Il souriait, comme s'il ne s'était rien passé. Je lui ai dit ce que je pensais :

— Mes compliments, Orson. Vous pouvez avoir toutes les femmes du Festival que vous voulez, mais non, il faut que vous tiriez le mauvais numéro. Vous vous êtes fait avoir comme un cave. Vous savez ce que le mot veut dire. Qu'est-ce qui vous a pris ?

— Je vais vous répondre par une citation du Nouveau Testament, *dear boy* : « La chair est faible. »

Il a éclaté de rire. J'étais vraiment furieux et je le lui ai dit :

— Ce n'est pas drôle. Vous imaginez le scandale dans la presse ? Vous savez comme moi que les journalistes ont des informateurs dans les palaces. Demain, vous auriez été à la une de *Nice-Matin* pour commencer, ensuite dans les magazines spécialisés, à Hollywood et en Italie. Vous voyez les titres :

« Orson Welles viole une starlette dans sa suite de l'hôtel Carlton » ou bien « Orson Welles et moi », par Mireille Gioffredo, où elle ferait des révélations sur votre « coup de foudre » au bar du Carlton !

Mon discours avait porté. Orson avait l'air penaud. Je me suis levé pour partir. À la porte, il m'a dit en me prenant le bras :

— C'est vous qui avez raison, Jérôme. J'ai été imprudent. Je m'excuse. Voyons-nous demain à midi.

— Désolé, Orson. À midi, j'ai rendez-vous aux Flots bleus avec l'Américain.

Lundi

Je suis arrivé aux Flots bleus en avance. Le réceptionniste fumait une cigarette sur le trottoir en discutant avec un type qui ressemblait à un mérou. J'en ai profité pour entrer vite fait dans l'hôtel. La clé de Mireille portait le numéro 18. J'ai trouvé sa chambre dans l'annexe, au bout d'un couloir qu'on empruntait après avoir traversé une petite cour ornée d'un palmier tuberculeux.

J'ai examiné la chambre en détail. Il n'y avait qu'une fenêtre qui donnait sur une ruelle calme où du linge séchait aux fenêtres. Dans la penderie, quelques tenues destinées à affoler des producteurs éventuels et, dans les tiroirs de la commode, des dessous adéquats.

Il était midi moins dix. Je me tenais debout le long de la porte, du côté où elle se rabattait contre le mur. Aucun bruit, pas même les cigales. J'ai entendu des pas souples qui approchaient et on a frappé à la porte. Silence. On a frappé de nouveau et une voix a dit : « Mireille ? » La porte s'est ouverte. L'Américain. Il a été plus rapide que moi, il avait dû me voir dans le miroir qui faisait face à la porte, au-dessus de la commode. Il a reculé, mais j'ai agrippé sa veste en essayant de le faire tomber. J'ai vu son bras s'armer pour me mettre une droite, puis s'abaisser. Il souriait en me fixant droit dans les yeux, en même temps qu'il me soulevait de terre. J'ai essayé de le toucher, mais il m'a rejeté contre le mur avant de disparaître.

J'étais sonné, mais je me suis relevé et j'ai bondi dans le couloir. Quelqu'un courait au loin puis les pas se sont arrêtés. Je suis sorti dans la rue. Rien. La ruelle, derrière, était vide. Je suis revenu à l'hôtel et j'ai demandé au réceptionniste s'il avait vu quelqu'un sortir. Il a eu l'air surpris :

— Non, personne.

Je lui ai demandé si M. Locascio était là. Il a jeté un coup d'œil au tableau derrière lui.

— M. Locascio est sorti. Il a dû emporter sa clé avec lui. Voulez-vous lui laisser un message ?

De retour au Carlton, j'ai trouvé trois messages d'Orson chez le concierge. Je devais le rappeler « d'urgence ». J'ai préféré monter directement chez lui.

— Alors ?

Il était au milieu du salon, un verre à la main, le regard interrogateur.

— Alors, rien. Je suis allé aux Flots bleus avant midi et j'ai attendu l'Américain dans la chambre de Mireille. Il s'est pointé à l'heure et nous nous sommes battus. Ce type est une machine, Orson. Il m'a à moitié assommé et il s'est enfui. J'ai couru derrière lui, mais il n'était nulle part, ni dans l'hôtel ni dans la rue.

— Vous êtes blessé ?

— Non, ça va, mais quelque chose m'intrigue. Au début de la bagarre, il pouvait me descendre d'une droite, comme il l'avait fait avec un type dans un bar de Pigalle, mais il a choisi de me jeter contre un mur, ce qui a été moins douloureux. Pourquoi ? Et ce qui m'a encore plus étonné, c'est qu'il souriait en même temps.

Orson a eu l'air amusé.

— L'important est que vous soyez en vie, Jérôme. En résumé, nous voilà débarrassés de la starlette mais, et c'est le plus embêtant, pas de celui qui la manipulait.

Nous sommes restés silencieux un moment, puis Orson a regardé sa montre. Il a sursauté.

— Mais il est l'heure de déjeuner ! Venez !

Nous sommes allés à La Girelle, un restaurant sur la Croisette où le patron, plié en quatre, nous a installés à une table d'où nous avions une vue panoramique sur la Croisette.

— Regardez tous ces figurants qui voudraient devenir des vedettes, a dit Orson devant le défilé des passants.

Je l'ai laissé commander puisque je n'aurais pas eu mon mot à dire. Pour lui, des filets de rascasse Côte d'Azur et une daube de bœuf provençale, pour moi une palette de rougets à l'huile d'olive et une selle d'agneau au thym frais.

— Cela vous va ? m'a-t-il demandé pour la forme.

Les problèmes n'étaient pas au menu du déjeuner : nous étions à table, un espace, pour Orson, où rien, en principe, ne doit nous arriver ou nous déranger. Il était en forme. Il a commencé par me parler de tous ces « faux producteurs qui font croire qu'ils sont propriétaires de yachts qu'ils ont loués pour huit jours, et qui donnent des pourboires au groom du Carlton pour se faire appeler au téléphone ».

Ensuite, Orson s'est attaqué au jury du Festival :

— À part le scénariste Carlo Rim, et le critique Georges Charensol, je ne connais personne : Georges Raguis, Paul Gosset, Paul Weill, Guy Desson – il lisait les noms sur un article de journal découpé, qu'il avait tiré de sa poche –, qui sont ces gens ? Georges Huisman, président ! Connais pas. D'accord pour l'écrivain Jules Romains, qui est président d'honneur, je sais qui c'est, mais Mme Georges Bidault, la femme d'un de vos ministres, qu'est-ce qu'elle fait là ?

Il a grondé. Les filets de rascasse avaient disparu, engloutis. Une très jolie brune passait devant la terrasse. J'avais vu sa photo dans *Cinémonde*, dans la rubrique « Les vedettes de demain ». Elle s'appelle Audrey Hepburn, elle va débuter dans *Nous irons à Monte-Carlo*, un film musical avec Ray Ventura.

Orson avait suivi mon regard.

— Je vois que vous aimez le genre anorexique, *dear boy* : un demi-pamplemousse pour déjeuner, une feuille de salade pour dîner !

Il riait en dévorant sa daube provençale et en jetant un coup d'œil envieux sur ma selle d'agneau.

— Vous, je ne vous demande pas votre genre, Orson : c'est la starlette trop maquillée avec les seins dehors qu'on ramasse la nuit au bar du Carlton, et à qui on promet un rôle dans *Othello* !

J'ai cru que j'étais allé trop loin, mais il a ri jusqu'à ce que la réalité se rappelle à lui.

— Le temps passe, Jérôme. Ce soir, faites une tournée dans Cannes, vous tomberez peut-être sur l'Américain ou bien vous apprendrez quelque chose sur lui. *Le Troisième Homme* est présenté jeudi et je pense que, après l'échec du coup de la starlette, il va remettre ça, mais où et comment ?

Nous nous sommes séparés devant le Carlton et j'ai téléphoné à Tony pour lui dire que j'avais besoin de lui ce soir en tant qu'expert de la vie nocturne cannoise : « Tu m'expliqueras pendant le dîner », a dit Tony.

Nous sommes allés à La Belle Sirène, un bistrot du Suquet. Je n'ai rien caché à Tony, j'ai une confiance absolue en lui. Rien de ce que je lui ai dit n'a eu l'air de l'étonner. Après le dîner, nous avons pris un taxi. J'ai dit au chauffeur, qui avait l'air mariolle, que je voulais le garder toute la soirée et qu'il serait bien payé.

Entre Tony et le chauffeur, qui s'appelait Mario, je crois qu'aucun endroit ne nous a échappé. Le Double Face est un cabaret de travestis où l'on nous a pris pour un couple. L'Extra Bar est un nid d'entraîneuses sur le retour. L'Échange est spécialisé dans la partouze – les hommes seuls ne sont pas admis mais Mario connaissait le portier, qui nous a laissés entrer un moment. Là aussi, il y avait des entraîneuses, mais elles étaient payées pour accompagner les gros producteurs chauves qui ne trouvent pas de filles dans la journée. Le King Cannes est le rendez-vous de la jeunesse cannoise. Aucun intérêt. Au Hollywood Bar, on retrouve les gens qu'on a vus dans la journée aux bars des grands hôtels : des starlettes, des producteurs, des seconds rôles, mais pas de vedettes. Il y a un bar corse, Chez Dominique, où j'ai reconnu quelques gueules d'interdits de séjour que j'avais vues à Pigalle pendant la préhistoire. J'ai pensé à André Lefèvre qui aurait gueulé : « Embarquez-moi tout ça ! »

Sans Mario le taxi, nous ne serions pas encore couchés. Il a marché toute la soirée à coups de pourboires, mais j'ai senti qu'il était content, fier même de nous montrer un Cannes by night que nous, pauvres Parisiens, aurions raté. Chez Ginette, L'Escale, Le Mambo Club, Le Coup de cœur, personne, là encore, n'avait entendu parler de l'Américain. Puis nous sommes arrivés au Jenny's, une boîte du Suquet où les filles se morfondaient au bar devant des verres vides. Mario nous a présentés à la patronne, Jenny, que j'ai rangée dans la catégorie « ancien tapin retiré avec son mac sur la Côte d'Azur ». C'était une blonde fatiguée à racines noires qui parlait avec l'accent niçois. Elle avait déjà vu l'Américain, mais c'est « Jackie, là, au bout du bar, qui pourra vous en parler. Il est venu deux fois et il n'a parlé qu'avec elle ».

Jackie, une brune avec des racines blondes, mais moins fatiguée que sa patronne, a quitté son air maussade lorsque nous avons fait tomber une bouteille de Roederer. Quand elle a commencé à parler, j'ai cru entendre Mona, l'entraîneuse du Grand Monde, à Paris. Oui, l'Américain était venu une première fois et elle avait senti qu'elle l'intéressait. Il était revenu, il avait été un peu plus bavard, et il avait encore commandé du champagne, mais ça s'était arrêté là. Elle ne comprenait pas. Comme Mona, elle a dit : « C'est dommage, il était beau mec, je l'aurais fait à l'œil. »

Sinon, elle ne savait rien sur lui, ni ce qu'il faisait, ni où il habitait. C'était maigre. J'ai écrit mon nom, le numéro de téléphone du Carlton et celui de ma chambre, et je lui ai demandé de m'appeler si l'Américain revenait, en lui laissant entendre qu'il y aurait de l'argent à la clé.

Mardi

J'ai rendu compte brièvement à Orson de notre expédition nocturne. Il a été laconique :

— Bien, continuez de chercher.

Et il m'a donné rendez-vous dans sa suite à 6 heures. Je suis allé déjeuner avec Guido Orlando, qui s'est montré à la fois évasif et préoccupé :

— La projection du *Troisième Homme* a lieu après-demain, et même si Orson ne remporte aucun prix, même si son rôle est court, il est la vedette du film. On ne va parler que de lui. Ce serait désastreux qu'il soit mêlé à un scandale ou à n'importe quel incident. Ses chances, même si elles sont faibles, seraient réduites à zéro. Ce qui s'est passé n'est qu'un avertissement pour la suite, qui est de compromettre gravement Orson et de gâcher la sortie d'*Othello*. Vous avez une idée de celui ou celle qui tire les ficelles depuis le début ?

— Mon premier suspect est l'ancien marin du *Zaca*, qu'Orson a renvoyé et qui l'a menacé de mort. Il correspond à la description de l'Américain. En second, l'homme dont la femme s'est suicidée pendant « La Guerre des mondes » et qui poursuit Orson de sa haine depuis plusieurs années.

— Vous avez peut-être raison, Jérôme, mais il pourrait y avoir aussi des vengeances personnelles venues de Hollywood.

J'allais demander à Orlando ce qu'il entendait par « vengeances personnelles venues de Hollywood », mais il s'est levé. Le déjeuner était terminé.

J'avais besoin de réfléchir. Je suis allé sur la Croisette sans voir les gens que je croisais. Je me suis assis sur un banc et j'ai regardé les baigneurs sortir de l'eau bleue en riant aux éclats. J'ai eu l'impression que je ne connaîtrais jamais le goût de la Méditerranée. Je suis rentré au Carlton, où j'avais rendez-vous à 6 heures avec Orson.

Mercredi

Je me suis réveillé tout habillé, avec un marteau-piqueur dans la tête et un soleil aveuglant qui entrait à flots par la fenêtre ouverte. Un cauchemar me poursuivait, des mots s'affichaient au plafond en lettres de feu : ON A TIRÉ SUR ORSON ! La soirée défilait à toute vitesse devant mes yeux, comme un film en accéléré. Il était 6 heures. J'étais dans la suite d'Orson. Un coup de feu, tiré avec un silencieux, partait de la terrasse. Orson tombait par terre, il n'était pas blessé. Je poursuivais le tireur, qui disparaissait. Je retournais chez Orson après avoir croisé André Sonier dans le hall de l'hôtel. Orson commandait du champagne, comme s'il ne s'était rien passé. Il m'invitait à dîner au Blue Bar, où il me demandait de m'occuper de Louella Parsons. Il me disait qu'il possédait des documents compromettants pour elle. Nous avions beaucoup bu, surtout moi. Je revoyais Orson remplissant mon verre sans arrêt comme s'il avait voulu me saouler. Ensuite, un trou noir. Je m'écroulais sur mon lit dans une sorte de coma avec l'impression d'avoir été drogué.

Ce n'était pas un cauchemar. Soudain, l'image est devenue nette. Je revoyais tout : le coup de feu, la poursuite, Sonier, Orson qui commandait du champagne, le dîner au Blue Bar, mon retour au Carlton, puis plus rien.

Je suis allé chez Orson qui m'a accueilli en disant :

— Quel est le programme aujourd'hui, Jérôme ? Le tireur passe à quelle heure ?

Aucune trace du dîner arrosé de la veille sur ce visage de bébé pervers qui ne livrait rien. Je n'étais pas d'humeur, il n'a pas insisté. J'ai posé des questions sur le déroulement de la soirée. Au fur et à mesure qu'il me répondait, mes souvenirs devenaient de plus en plus précis, mais butaient sur le trou noir.

— Vous avez peut-être un peu forcé sur les alcools, a conclu Orson sur un ton de bonhomie indulgente.

Oui, c'était sûrement ça, j'avais dû forcer sur les alcools. Je me rappelais maintenant en détail ses instructions concernant Louella Parsons. Comme il me l'avait annoncé, il m'a donné les documents la concernant, sans me demander ce que je comptais faire exactement. Il s'est contenté de dire :

— Vous savez qu'elle est à l'hôtel du Cap, à Antibes. Vous avez carte blanche.

J'ai bien réfléchi. Je ne connaissais ni l'hôtel du Cap ni Louella Parsons. Je ne m'en sortirais pas tout seul. C'est Tony qu'il me fallait. Orson l'aime bien et il sait être discret quand il le faut.

J'ai appelé Tony, mais je ne voulais pas parler au téléphone. Il est venu au Carlton, où je l'ai invité à déjeuner. Il m'a écouté avec attention, sans dire un mot. À la fin, il m'a dit :

— Je suis l'homme qu'il te faut pour deux raisons : je connais l'hôtel du Cap par cœur et j'ai déjà vu Louella Parsons. Je vais donner un ou deux coups de téléphone cet après-midi pour savoir quelle chambre elle occupe à l'hôtel et, puisqu'il y a urgence, on va y aller ce soir.

— Ce soir ! Tu es sûr ?

— C'est comme si tu étais dans son lit !

Tony est parti et je suis resté longtemps devant mon café froid à chercher une explication au trou noir. Jamais une cuite ne m'a laissé dans un tel état. J'ai eu l'impression de danser sur des sables mouvants, d'avoir été drogué, mais par qui puisque je n'ai vu personne d'autre qu'Orson de toute la soirée ? Je suis allé marcher sur la Croisette, en retournant le problème dans tous les sens. Tony m'a appelé en fin d'après-midi.

— Tout va bien. J'ai une voiture pour ce soir. Rejoins-moi aux Flots bleus vers 9 heures. On ira dîner et ensuite prendre un verre quelque part. Il ne faut pas se pointer trop tôt au Cap, la vieille ne serait pas couchée.

J'ai rejoint Tony aux Flots bleus. Sa voiture, une Studebaker, était garée devant l'entrée. Devant mon air étonné, il a dit :

— Elle te plaît ?

Nous sommes allés dîner au Petit Cannois, un bistrot près du Martinez, juste à côté de La Chunga. Mon mal de tête avait disparu. J'ai mangé des petits farcis, j'ai bu du rosé de Provence. Je me suis senti mieux. J'ai posé des questions à Tony sur sa voiture et comment il connaissait si bien l'hôtel du Cap.

— Les deux vont ensemble. J'ai habité à l'hôtel du Cap pendant un moment avec une amie américaine qui m'avait invité, et qui est la propriétaire de la voiture. Elle est à l'hôtel actuellement, et c'est elle qui m'a donné le numéro de la suite de Louella Parsons.

— Une amie américaine. Qu'est-ce qu'elle fait dans la vie ? Vedette de cinéma, milliardaire, productrice ?

— Non, c'est une veuve qui n'est pas pauvre. Elle adore les Italiens.

— Quel genre d'âge ?

— Entre trente et soixante.

On a ri. Tony Locascio. Il me l'avait encore fait à la Napolitaine.

Nous avons bu des verres avec des amis romains de Tony, qui étaient là pour la présentation de *Riz amer*, l'entrée officielle de l'Italie dans la compétition. Le patron du restaurant a offert quelques tournées et il a été minuit.

Vingt minutes de trajet entre le restaurant et l'hôtel du Cap. Tony a garé la voiture à l'extérieur du parc où se trouve l'hôtel. Un gardien faisait les cent pas devant le pavillon de l'entrée. Le téléphone a sonné. Pendant qu'il répondait, nous nous sommes faufilés très vite en nous cachant derrière les arbres. Le parc est magnifique, partagé par une allée centrale qui mène à l'hôtel. Des bruits étouffés de conversation et de la musique – j'ai reconnu « Rhum and Coca-Cola », par les Andrews Sisters – nous parvenaient de la terrasse, au bord de la mer. Nous avons continué dans l'autre direction jusqu'à un bungalow un peu à l'écart, entouré de pins. Tony l'a pointé du doigt. Nous avons fait le tour en silence jusqu'à une terrasse dont la porte-fenêtre était entrouverte. Nous sommes entrés.

Un léger ronflement venait du lit. Nous nous sommes approchés et j'ai pris un coussin sur le canapé. Elle n'était pas belle à voir de près, Louella Parsons. Ses joues faisaient penser à une jupe plissée, ses bras nus posés sur le drap ressemblaient à de la gélatine. J'étais au-dessus d'elle. J'ai posé le coussin sur sa bouche sans forcer. Elle s'est réveillée en sursaut et elle a voulu hurler.

J'ai fait « chut » en posant un doigt sur mes lèvres, mais elle continuait. J'ai dit :

— Silence ! Si vous ne criez pas, il ne vous arrivera rien.

Elle avait compris. J'ai retiré lentement le coussin. Elle ne criait pas, mais elle était terrifiée. Elle a commencé à s'agiter en gémissant en français, avec un accent à couper au couteau :

— Ne me faites pas de mal ! Qui êtes-vous ? S'il vous plaît, ne me faites pas de mal ! Qu'est-ce que vous voulez ?

Elle a fini par se calmer, mais elle ne comprenait toujours pas ce qu'on lui voulait. J'ai sorti la lettre et le chèque que m'avait remis Orson et je les lui ai mis sous les yeux. Elle a lu et, malgré la lumière faible de la lampe de chevet, j'ai pu voir qu'elle était décomposée. Elle balbutiait :

— Mais… Qu'est-ce que c'est ?… Je ne sais pas de quoi vous voulez parler… C'est faux… Laissez-moi…

Je me suis penché très près et j'ai dit :

— Orson en a assez. Encore des lettres anonymes, encore des attaques contre *Othello* ou sa vie privée, et ces documents sortiront dans la presse américaine, qui sera ravie d'avoir enfin la preuve de votre chantage sur William Randolph Hearst. Vous m'avez bien compris ?

Elle continuait de gémir :

— Je n'ai rien fait, ce n'est pas moi ! Laissez-moi !

J'ai lancé au hasard :

— Les photos d'Orson avec Dolorès Del Rio, ce n'est pas vous ?

Elle s'est effondrée.

— Je ne les aurais jamais fait paraître, je vous le jure, dit-elle en pleurnichant.

Enfin un aveu, mais c'était maigre.

— Les papiers personnels d'Orson qui ont disparu chez son ancienne secrétaire à Hollywood, l'homme qui a tiré sur Orson hier, ce n'est pas vous non plus ?

— Non, je vous jure que non, je n'ai jamais voulu la mort de quelqu'un.

Cette fois, je ne sais pas pourquoi, je l'ai crue.

Mais qui, alors ? Nous nous sommes levés, Tony et moi. Elle était répandue sur ses oreillers comme une grosse méduse. Sans un mot, je lui ai montré de près une dernière fois la lettre et le chèque. Elle a eu un mouvement de recul et j'ai lu la peur dans ses yeux bouffis.

Quand nous sommes sortis, le gardien dormait. J'ai dit à Tony qu'Orson, au cours du dîner de la veille, m'avait dit : « Violez-la s'il le faut, mais je ne veux plus entendre parler d'elle ! »

— Tu veux qu'on y retourne ? a dit Tony.

Jeudi

J'ai raconté en détail à Orson pendant son petit déjeuner notre commando chez Louella Parsons. Il riait et posait des questions en engloutissant des œufs brouillés.

— Bien… Très bien… Elle s'est beaucoup débattue ?… Quelle a été sa réaction lorsque vous lui avez montré le chèque et la lettre ?… Vous êtes sûr qu'elle a compris, qu'elle est hors d'état de nuire ?…

Une demi-douzaine de toasts couverts de confiture avaient suivi les œufs brouillés. Il avait l'air content. Pour finir, il a dit :

— Beau travail, Jérôme. Et vous remercierez chaleureusement Tony, avant que je le fasse moi-même. Il reste néanmoins un vrai problème : l'Américain. Je crois Louella quand elle dit qu'elle n'a rien à voir avec lui : elle est trop lâche pour s'embarquer dans une histoire d'assassinat. Le tireur pourrait être le cascadeur du *Zaca* que j'ai renvoyé. Bien sûr, il y a aussi le type dont la femme s'est suicidée pendant « La Guerre des mondes », mais je n'y crois plus, c'est trop vieux. J'ai le sentiment que, sauf à faire sauter le Palais des Festivals ce soir pendant la projection du *Troisième Homme*, notre tireur va se calmer définitivement. Que peut-il faire d'autre ? S'il avait voulu me tuer il y a deux jours, il l'aurait fait. On ne rate pas une cible de cent vingt kilos ! Ça ressemble à de l'intimidation, vous ne croyez pas ?

Je ne croyais plus rien. Orson avait peut-être raison. Ou peut-être tort. Il m'embrouillait. Je suis rentré dans ma chambre, perplexe, après qu'Orson m'ait dit :

— Soyez vigilant tout de même, *dear boy*. Il sait que vous pouvez le reconnaître. On n'est jamais à l'abri d'une surprise, surtout ce soir.

J'ai entendu Orson partir. Je rêvassais dans ma chambre en regardant les toits par les fenêtres ouvertes lorsqu'on a frappé. Florence. Elle s'est déshabillée sans un mot et elle est entrée dans mon lit en me regardant d'un air de défi.

— Tu es complètement folle ! Vous habitez l'étage en dessous. David pourrait frapper à ma porte ou à celle d'Orson n'importe quand. Tu imagines le scandale et…

Elle me coupa net.

— David avait un rendez-vous important à Monte-Carlo. Il ne sera pas là avant 6 heures. Qu'est-ce que tu attends ?

Je n'attendais rien, surtout pas qu'elle me le répète une deuxième fois. J'étais sur les nerfs depuis plusieurs jours. Florence a fait ce qu'il fallait pour que je me sente bien. C'était mieux que d'aller à la plage sur laquelle j'avais mis une croix.

Florence chantonnait en se rhabillant. Elle était déjà passée à autre chose.

— Ce soir, nous avons rendez-vous au bar, Orson,

David, Orlando, toi et moi, avant d'aller au Palais des Festivals pour la projection du *Troisième Homme*. Nous monterons les marches ensemble. Tu as le trac ?

— Non. Tout ce que je veux, c'est que le film soit applaudi et qu'Orson décroche le prix.

Elle avait fini de se remaquiller.

— Demain, j'aimerais que tu viennes avec moi à la projection de *Riz amer*, la sélection officielle italienne. Tu veux bien ?

— Oui, je viendrai, mais j'ai une question à te poser avant que tu partes. Tu as l'air d'être amoureuse de ton mari et, après le Lancaster, tu tombes de nouveau dans mon lit quelques mois seulement après ton mariage : tu peux m'expliquer ?

J'étais encore couché. Avant de sortir, aussi fraîche que lorsqu'elle était entrée, elle a eu un grand sourire :

— Mon chéri, je te l'ai déjà dit, on peut aimer deux hommes à la fois !

Il faisait encore jour lorsque nous avons monté les marches du Palais des Festivals entre deux haies de photographes. Ils interpellaient Orson, qui ouvrait la marche avec l'équipe du *Troisième Homme*, Carol Reed, le metteur en scène, encadré par les deux acteurs principaux du film, Alida Valli et Joseph Cotten. Florence, très décolletée, a joué les stars pour les photographes. Tony était seul tout en haut des marches, à une position privilégiée qu'il avait dû obtenir « en donnant de sa personne », comme il me l'a avoué plus tard.

Je connaissais le film par cœur et j'anticipais les moments qui feraient mouche. À la première apparition d'Orson dans l'embrasure de la porte, j'ai senti que le film venait de tomber entre ses mains jusqu'à la fin. Pas un bruit, pas un raclement de gorge, un silence de plomb, la salle était prise. La lumière rallumée, les gens se sont levés pour applaudir longuement. Orson ne s'est pas mis en vedette. Il est resté à sa place en souriant, au côté des autres acteurs. Nous étions derrière lui. Il s'est retourné pour nous montrer qu'il ne nous avait pas oubliés.

Au Palm Beach, la production avait fait les choses en grand. Est-ce que tout ce luxe aidera à faire gagner *Le Troisième Homme* ? Orson était à la table d'honneur avec Carol Reed, Joseph Cotten et Alida Valli. J'ai eu une bonne surprise : à la table de huit personnes où j'étais placé, j'ai vu en m'asseyant que ma voisine était une actrice américaine qui s'appelait Mary Astor, une beauté distinguée, élégante, dont le regard trahissait le feu sous la glace. Elle ne parlait pas trop mal le français, avec un petit rire d'excuse entre chaque phrase. Elle a regardé mon nom sur le carton devant moi, elle m'a souri et elle a dit :

— Je suis dans *Acte de violence*, de Fred Zinnemann, c'est un film de la sélection officielle américaine. Je joue une call-girl, vous savez, une femme vénale, précisa-t-elle en touchant mon bras. Je suppose que vous ne l'avez pas vu, mais ce n'est pas grave. Je préférerais que vous me découvriez dans *Le Faucon maltais*, que j'ai tourné en 1941. Je ne sais pas s'il est sorti en France. Je joue une garce qui finit mal en face de Humphrey Bogart. C'est mon rôle préféré. Vous aimez les garces, Jérôme ?

— Je n'aime que les garces, Mary.

Nous étions au dessert et son genou touchait le mien sous la table. La fin de la soirée semblait prometteuse. C'était trop beau. Un homme à grosses lunettes d'écaille, qui éclatait dans son smoking, s'est approché de notre table et s'est penché pour parler discrètement à Mary Astor. Au fur et à mesure que l'homme parlait d'un ton autoritaire, le visage de Mary s'assombrissait. Le type attendait, à côté de la table.

— Je suis désolée, Jérôme. Fred Zinnemann me réclame à sa table, j'ignore pourquoi, mais je suis sous contrat avec MGM et, malheureusement, je ne peux pas faire ce que je veux, quand je veux.

Elle a dit en se levant :

— Désolée, vraiment. Si vous en avez envie, appelez-moi demain au Majestic.

Elle a caressé mes cheveux avant de partir.

Tony est apparu comme sorti du néant et s'est assis à la place de Mary.

— Mary Astor ! Tu ne t'ennuies pas ! Tu sais qu'elle est très connue à Hollywood.

Je n'ai pas compris s'il parlait de sa renommée d'actrice ou de sa réputation privée.

— On ne va pas rester ici jusqu'à la fin du monde, on s'ennuie. Viens, on va à La Chunga, ce sera sûrement plus drôle.

Les deux filles de l'autre soir étaient là. Elles ont commencé par nous battre froid, mais nous avons attendu patiemment le dégel – en l'occurrence, vingt minutes – et chacun a compris qu'il était temps de passer aux choses sérieuses. Tony a ramené la sienne aux Flots bleus. Moi, je suis allé chez la mienne, un petit studio, rue d'Antibes. Je suis rentré à pied au Carlton, mon nœud papillon à la main. Je crois qu'elles s'appelaient Suzy et Marina, ou inversement.

Vendredi

J'ai téléphoné au Majestic et j'ai demandé à parler à Mlle Mary Astor. On m'a répondu que « personne de ce nom ne figurait dans la liste des clients de l'hôtel ». Je me suis rappelé qu'elle m'avait demandé si j'aimais les garces et que j'avais répondu oui.

Je suis allé avec Florence à la projection de *Riz amer*. L'intrigue policière n'a pas grand intérêt : une sombre histoire de jalousie dans le milieu des « mondine », les repiqueuses de riz de la rivière du Pô, mais la sensation, c'est l'actrice principale, Silvana Mangano, dont les cuisses sont les vraies vedettes du film. Florence a fait semblant d'être jalouse. Lorsque la lumière s'est rallumée, j'ai vu que Daniel Gélin était assis cinq rangs derrière nous. Il s'est approché avec son beau sourire et je lui ai présenté Florence, qui a eu l'air de le trouver à son goût. Daniel voulait nous inviter à déjeuner, mais Florence devait rejoindre David. Elle a décliné à regret.

— Qu'à cela ne tienne, m'a dit Daniel, si tu es libre, que dirais-tu d'une bouillabaisse chez Tétou, à Golfe-Juan ?

J'étais d'accord. Je n'avais jamais mangé de bouillabaisse, je ne savais pas qui était Tétou, et je ne connaissais pas Golfe-Juan. J'ai informé Daniel de ces trois lacunes. Il a éclaté de rire.

— Moi non plus, quand je suis venu ici pour la première fois, je ne connaissais rien. Je suis venu de Paris en voiture : on va la prendre, elle est garée derrière le Palais.

Daniel était habillé tout en noir, souvenir peut-être

du temps de Saint-Germain-des-Prés et de son amie Juliette Gréco, qui avait mis le noir à la mode.

Nous avons roulé jusqu'à Golfe-Juan par le bord de mer. Quand nous nous sommes arrêtés devant le restaurant, j'ai vu que Daniel avait l'air triste.

— Daniel, quelque chose ne va pas ?

Sans un mot, il a ramassé deux journaux qui traînaient sur la banquette arrière. Il en a ouvert un qu'il m'a tendu en disant :

— Lis.

L'article disait :

« La grosse déception du Festival fut le film de Jacques Becker, *Rendez-vous de juillet*, qui consterna le public, le jury et la presse. La peinture de la jeunesse d'aujourd'hui que voulait faire Becker n'aboutit, en fait, qu'à une caricature à l'eau de rose et bruyante de surcroît, puisqu'on y est assourdi de *bebop* pendant un long tiers du film. »

C'était signé d'un certain Jeander.

— *Rendez-vous de juillet* est un film formidable, Daniel. Je l'ai vu et j'ai envie de le revoir. Tu ne vas pas te ronger les sangs à cause d'un connard qui n'a rien compris. Et Becker, comment il a réagi ?

Sans un mot, Daniel m'a tendu un autre journal en m'indiquant un article souligné :

« Mes personnages portent parfois des chemises en tissu écossais, du genre cow-boy, comme beaucoup de jeunes garçons en 1949, mais leur existentialisme se limite à cela. Il en va de même pour mon film. »

J'ai dit à Daniel :

— La réponse de Jacques Becker est élégante et bien élevée, comme lui, mais c'est trop gentil. Ça mérite deux tartes en public, tu ne trouves pas ?

Daniel a ri devant ma réaction.

— Tout à fait d'accord avec toi. Je m'en chargerai si je rencontre le connard. J'espère que tu seras là. Allez, viens, on ne va pas passer la journée dans la voiture, allons déjeuner.

J'avais réussi à lui faire retrouver sa bonne humeur naturelle. Nous sommes restés à table jusqu'à 4 heures. J'ai bien aimé la bouillabaisse. Si j'ai le courage, je demanderai à Mme Tarot de m'en faire une.

Je suis rentré me préparer pour le gala de clôture. Quel était l'état d'esprit d'Orson ? Plus j'y pensais, plus j'étais persuadé qu'avoir ou ne pas avoir le prix du meilleur acteur avait moins d'importance pour lui que celle que nous lui donnions, nous ses amis. Il était là pour autre chose.

J'ai regardé mon smoking pour la dernière fois. Il appartenait déjà au passé, à ma vie cannoise qui, jusqu'ici, ne m'avait pas ébloui, mais dont j'espérais tirer quelque chose d'intéressant, grâce à Orson.

Orlando m'a appelé pour me dire qu'Orson partirait avant nous pour le Palais, et qu'il nous verrait après la cérémonie.

Un peu plus tard, j'ai rejoint David et Florence dans le hall. Florence m'a annoncé que sa robe venait de chez Jacques Griffe. J'ai fait semblant de savoir qui c'était. Elle était très jolie. David avait l'air plus que jamais amoureux d'elle.

Dans la salle du Palais, comme l'autre soir, Orson était assis entre Carol Reed et Joseph Cotten. Il y a eu pas mal de discours inutiles jusqu'à l'annonce des résultats. Mon ennui a disparu.

Le grand prix était attribué au *Troisième Homme*, le prix de la mise en scène allait à René Clément pour *Au-delà des grilles*, le prix d'interprétation féminine était pour Isa Miranda, la vedette du film, et le prix d'interprétation masculine récompensait Edward G. Robinson dans *La Maison des étrangers*. Rien pour Orson, rien pour *Rendez-vous de juillet*. C'était fini. J'ai regardé Orson. Il donnait l'accolade à Carol Reed et à Joseph Cotten. Il avait l'air détendu, il souriait. Si c'était une déception, lui, l'illusionniste, avait su la faire disparaître.

Au dîner qui suivait, je me suis retrouvé à la même table que Daniel Gélin, qui semblait avoir survécu à l'échec de *Rendez-vous de juillet*. Nous avons levé nos verres au succès du *Troisième Homme*.

Guido Orlando est venu me dire qu'Orson nous donnait rendez-vous plus tard au bar du Carlton. J'ai fait le figurant à table par politesse jusqu'à la fin du dîner, et je suis revenu seul, à pied, à l'hôtel.

Le bar débordait. Une table nous attendait sur laquelle un carton disait : « Réservé – M. Orson Welles ». Je me suis assis au moment où Florence et David faisaient leur entrée, puis Orlando. Nous avons attendu en bavardant et en buvant. Orson est apparu. Il avait l'air en pleine forme. Il a commandé un double whisky.

— Vous ne m'avez pas cru lorsque je vous ai dit qu'Edward G. Robinson gagnerait. J'aurais dû parier avec vous. Même si je n'ai pas eu le prix, ce qui est important, c'est l'impact de mon personnage, le trafiquant Harry Lime, un salaud de charme comme le public les aime, qui restera longtemps dans les têtes, après qu'il aura vu le film.

C'était une explication à la Orson qui ne souffrait pas la contradiction. Son numéro, ce soir, était parfait : anecdotes cannoises, exécutions d'acteurs, commentaires au vitriol sur les films en compétition, disparitions, apparitions d'objets divers nous appartenant. Comme mon briquet, qu'il m'a rendu avant de se lever.

— Chers amis, demain est notre dernier jour ensemble avant de quitter Cannes. Je vous invite à prendre le verre du départ à midi dans ma suite. J'aurai beaucoup de choses à vous annoncer, qui concernent chacun d'entre vous.

Il est parti dans un nuage de cigare, content de son effet. Nous sommes restés un moment silencieux à nous regarder dans le blanc des yeux et à nous interroger sur sa mystérieuse sortie : il avait beaucoup de choses à nous annoncer qui concernaient chacun d'entre nous.

THE END

Dernier jour à Cannes. Je me suis levé tôt pour taper mes notes, que je remettrai à Orson avant son départ. Je ne sais pas en quoi elles lui serviront ni comment il prendra les commentaires le concernant. Bien, je pense. Il a le sens de l'humour et il sait que je l'admire.

Au moment de commencer, je m'arrête net, les deux doigts au-dessus du clavier de l'Underwood. J'ai un frisson. Je viens de réaliser qu'il va falloir que je supprime tous les passages concernant mon intimité avec Florence. Je soupçonne Orson de ne pas être dupe, et d'être assez machiavélique pour s'en servir plus tard.

Je vais quitter Cannes après avoir vécu une aventure bizarre avec Orson Welles et une idylle de quinze minutes avec Mary Astor. Un dernier coup d'œil à *Nice-Matin* m'apprend que je vais manquer le gala où la marque de maillots de bain Réard présentera sa nouvelle collection Transparency « qui fera l'effet d'une bombe avec ses nouveaux modèles "Ève éternelle" et "Rencontres sur le sable" ».

À midi, j'ai frappé et je suis entré chez Orson.

J'ai failli m'évanouir. Sur mon lit de mort, je me souviendrai de la scène qui est apparue devant mes yeux. Orson, cigare et sourire aux lèvres au milieu du salon, me regardait. Derrière lui, debout ou assis, j'ai reconnu, comme à travers un brouillard, Louella Parsons, David et Florence, Guido Orlando, l'Américain, Mireille la starlette, Tony, André Sonier et Gregg Toland, le chef opérateur de *Citizen Kane*. Ils avaient les yeux braqués sur moi, mais je n'ai senti aucune agressivité : ils me regardaient tous en souriant. J'ai été pris de vertige.

— Asseyez-vous, Jérôme, a dit Orson, vous êtes tout pâle.

Je me suis laissé tomber dans un fauteuil en face de lui.

— Voulez-vous un whisky, *dear boy* ?

Sans attendre ma réponse, il m'a servi un double scotch que j'ai avalé d'un trait. Le feu a pris dans tout mon corps et m'a réveillé en sursaut. La scène n'avait pas changé, je ne rêvais pas.

— Je vous dois des explications, Jérôme. Vous vous demandez ce qui se passe, vous êtes perdu. Nous sommes réunis ici pour fêter le coup d'envoi du film que j'ai l'intention de réaliser après la sortie d'*Othello*. Je vous ai dit dans le Train bleu que je voulais faire un film sur Cannes pendant le Festival, l'année prochaine. Je vous ai un peu menti. Ce ne sera pas un film sur Cannes, mais avec Cannes. Et avec vous, Jérôme. L'histoire ? Je résume en quelques mots : un ancien flic de la Brigade criminelle, devenu détective privé, est engagé par Orson Welles pour assurer sa protection à la suite de menaces qu'il a reçues, et qui sont destinées à empêcher la sortie de son film *Othello*. Le détective, c'est vous, Jérôme.

Le vertige qui m'avait saisi en entrant n'était rien à côté de ce que je ressentais. Ma tête se vidait, je ne comprenais plus rien, ou plutôt si : qu'Orson avait joué avec moi comme un prestidigitateur avec un accessoire. Je l'ai regardé avec haine. Comme s'il lisait dans mes pensées, il a dit :

— Laissez-moi vous expliquer comment l'histoire a commencé. C'est Florence qui est à l'origine de tout. Elle m'a parlé très chaleureusement de vous à Hollywood, de vos exploits de flic et de détective privé, et elle m'a conseillé de vous rencontrer lorsque je viendrais à Paris.

» Avant même de vous connaître, vous m'avez intéressé. Ensuite, Florence, depuis Hollywood, a organisé le déjeuner de La Tour d'argent. C'est là que tout s'est joué. Souvenez-vous, Jérôme, à table, je n'ai pas arrêté de vous poser des questions pour vous montrer que je m'intéressais à vous. Ensuite, David vous a testé au cours d'un entretien avant que nous nous revoyions au Lancaster et, ce jour-là, votre sort a été réglé. J'ai commencé à imaginer les grandes lignes de l'histoire, mais je ne voulais pas me mettre à écrire un scénario tout de suite. J'ai décidé que nous ferions une grande répétition réelle du film dans des décors naturels, à Paris et à Cannes. Mais il me fallait éveiller votre curiosité, vous appâter et vous donner envie de travailler pour moi.

» J'ai rassemblé tous les problèmes, et il y en avait, auxquels j'avais dû faire face en Amérique depuis mon émission "La Guerre des mondes" et *Citizen Kane*, dont le point commun était que vous ne pourriez pas les vérifier. Ce serait la vérité sortant de la bouche d'Orson Welles et rien d'autre !

» Pour le choix de mes acteurs, vous admettrez que j'ai eu la main heureuse…

Il s'est retourné vers la vieille dame.

— Prenez Louella Parsons, par exemple – elle m'a fait de loin un petit signe amical –, qui s'appelle en réalité Ruth Donnelly. C'est une ancienne actrice de ma troupe du Mercury Theatre, avant la guerre, à New York. Elle a épousé un millionnaire texan qui est mort il y a trois ans. Depuis, elle revient seule chaque année à l'hôtel du Cap, où ils passaient leurs vacances. La vraie Louella, je lui ai cloué le bec il y a quelques années grâce aux documents que vous connaissez. Elle ne parle plus jamais de moi dans sa chronique. William Randolph Hearst, qui devrait continuer à me haïr depuis la sortie de *Citizen Kane* ? Il m'a oublié depuis longtemps.

» Les lettres anonymes avec les citations d'*Othello* ? Elles sont de ma main, comme les cartes postales d'Atlantic City que nous avons reçues tous les deux. Quant à mon ancienne secrétaire, elle ne s'est pas suicidée, elle n'a pas été assassinée, elle se porte comme un charme, chez elle, à Beverly Hills !

» Les photos avec Dolorès Del Rio ? Elles étaient sorties à l'époque dans plusieurs magazines, à Hollywood, et il n'existe pas de photos plus intimes de Dolorès et moi. Quoi encore ? J'ai eu des ennuis avec les comités anti-communistes, je devais de l'argent à RKO et aux impôts, mais tous ces problèmes sont réglés depuis longtemps. Personne ne me poursuit en justice.

» Enfin, je vous présente Scott Norris, "l'Américain", comme vous l'appelez.

Scott m'a décoché un sourire éblouissant et il s'est adressé à Orson en anglais en me désignant. Orson a éclaté de rire. Il a traduit :

— Scott, qui a fait partie de l'équipe d'athlétisme de l'université de Californie, ce qui explique peut-être pourquoi vous n'avez jamais pu le rattraper, vous demande de l'excuser à propos de la bagarre à l'hôtel des Flots bleus. Il regrette d'avoir dû vous jeter contre un mur, mais il n'a pas pu faire autrement, il devait à tout prix continuer à être insaisissable. Les initiales SN sur le Zippo en laque rouge, ça ne vous dit rien ? Scott Norris…

Scott a fait trois pas vers moi pour me serrer la main, mais j'étais ailleurs, dans un monde où la réalité avait disparu. J'ai entendu Orson dire :

— Ce qui est exact en revanche, c'est que Scott était vraiment sur le *Zaca* lorsque je l'ai rencontré et que je l'ai engagé comme cascadeur pour *La Dame de Shanghai*. Mais je ne l'ai jamais renvoyé et il n'a jamais cherché à me tuer avec un silencieux. Vous aurez noté, Jérôme, la précision de son tir… Le mari de la femme qui s'est suicidée pendant « La Guerre des mondes » ? Il m'a effectivement menacé peu de temps après, mais il est mort en 1942 dans un asile d'aliénés.

» Vous voyez, Jérôme, il vous était impossible de vérifier tous ces événements, sauf à aller enquêter en Amérique, ce qui était exclu. Vous ne vous êtes jamais étonné que rien, finalement, n'aboutisse, que je n'aie jamais été vraiment en danger ? Pourtant, au cours de vos aventures, je vous ai laissé quelques indices. Par exemple, lorsque je vous ai dit que le détective privé, Philip Marlowe, enquêtait sur le suicide de mon ancienne secrétaire : c'était faux, Marlowe n'existe pas, c'est le nom du détective privé des romans de Raymond Chandler. C'était risqué, vous auriez pu avoir lu un de ses livres et vous en étonner.

J'ai eu la force de bégayer :

— Et si je m'en étais aperçu ?

— Oh, c'était très simple, mon cher Jérôme, notre réponse était toute prête : Philip Marlowe existe, il est le détective privé le plus célèbre de Los Angeles, si célèbre que son ami Raymond Chandler, avec son accord, en a fait le héros de ses romans policiers !

Orson m'a donné un autre whisky. Je sentais la rage monter en moi, l'humiliation d'avoir été mené en bateau, moi, un ancien flic de la Brigade criminelle, devenu détective privé, qui avait résolu des affaires dangereuses et difficiles. En même temps, je ne pouvais résister à l'admiration qui s'infiltrait doucement en moi, admiration pour le montage de cette machination digne d'un grand criminel, dont j'étais le sujet.

— À Paris, a continué Orson, vous n'avez pas été surpris par l'échec de ce départ de feu dans la salle de montage ? Il n'était pas question de provoquer un incendie, juste de montrer que l'Américain – Scott sourit – était toujours actif. C'est le chauffeur, Robert, qui l'a allumé, Scott n'était même pas sur place. Mais oui, Jérôme, le chauffeur était aussi dans le coup, il a suffi de quelques billets pour qu'il accepte de jouer son rôle. Un autre ami à vous a participé à l'aventure : Martial.

J'ai sursauté : même Martial !

— C'est lui qui vous a orienté vers les bars qu'il fallait visiter pour trouver Scott. Il y a eu un petit incident de parcours sans importance lorsque Scott a été obligé de mettre une droite, comme vous dites, à un type qui l'embêtait dans un bar. Les filles à qui vous avez parlé ne vous ont pas menti : elles ne savaient rien de Scott. Pour elles, il était l'Américain, c'est tout.

» Et je dois remercier André Sonier, qui a accepté qu'on tire une balle dans le mur de ma suite – derrière Orson, tout le monde était hilare – et qui nous a facilité les choses pendant notre séjour. Tony Locascio, parfait dans son rôle, sans qui rien ne se serait passé comme prévu. Mireille – il s'est retourné pour regarder Mireille Gioffredo, qui tenait la main de Scott Norris. Mireille est une jeune comédienne qui est venue tenter sa chance pendant le Festival. Elle a rencontré Scott à l'hôtel des Flots bleus. C'est là qu'il lui a proposé de jouer le rôle de la starlette qui, sur ses ordres, me tend un piège. Vous l'avez un peu brutalisée cette nuit-là lorsque vous l'avez jetée par terre, mais elle était prévenue que l'affaire n'était pas sans risques.

» Vous vous demandez aussi comment Scott a pu vous échapper après la bagarre aux Flots bleus ? C'est très simple : il n'est jamais sorti de l'hôtel, il s'est caché dans la chambre de Tony, qui lui avait laissé sa clé.

» Et enfin – Orson s'est tourné vers Guido Orlando, qui bombait le torse –, je veux saluer notre ami Guido Orlando, "le roi des contacts", pour ses talents d'organisateur. C'est lui qui, à l'abri dans sa chambre du Majestic, a concrétisé mes idées et m'a relayé auprès des acteurs qui ont participé à l'aventure.

Les révélations d'Orson tombaient sur moi comme autant de coups de marteau. J'en avais marre d'écouter son discours de remerciements qui ressemblait à celui d'une distribution de prix. Tous ces gens qui m'avaient embrouillé… Je continuais d'être partagé entre la haine et l'admiration. Mais Orson a continué.

— Je devine la question qui vous brûle les lèvres, Jérôme : quel a été le rôle de mon ex-femme ? Là encore, nous vous avons laissé croire ce que vous aviez lu dans les journaux : que nous étions fâchés. C'est faux. Nous l'avons été après notre divorce, mais les choses se sont arrangées depuis et nous avons maintenant des rapports d'amitié.

» Si vous avez pu interviewer Rita Hayworth avec la complicité de Tony, c'est parce que Rita a joué le jeu lorsque je lui ai proposé de tenir ce petit rôle d'invitée d'honneur dans le film, qui l'a beaucoup amusée.

» Voyez-vous, Jérôme, le plus important vous a échappé : vous avez oublié que je suis un illusionniste, que je suis fasciné par le mensonge. Je vous ai montré quelques petits tours de magie sans importance, je vous ai raconté mon spectacle avec Marlene Dietrich, je vous ai dit que j'avais été marqué par ma rencontre avant la guerre avec Houdini. Même *Le Troisième Homme* aurait dû vous mettre la puce à l'oreille quand je vous ai dit que j'avais beaucoup aimé jouer le salaud Harry Lime, un maître de la dissimulation qui, au début du film, organise son propre enterrement.

» Ça va, Jérôme ? Vous avez l'air accablé. Voulez-vous une Camel ?

Une cigarette allumée est apparue au bout de ses doigts, qu'il a placée délicatement entre mes lèvres. J'ai tiré une bouffée et j'ai réussi à articuler :

— Vous m'avez drogué au Blue Bar, n'est-ce pas ? Pourquoi ?

— J'avais un rendez-vous plus tard à l'extérieur de l'hôtel, et je ne voulais pas courir le risque que, à la suite de l'attentat, vous me suiviez sous prétexte de me protéger. Je vous avais prévenu que je ne resterais pas cloîtré au Carlton. J'ai tout de même le droit d'avoir une vie privée sans vous avoir sur le dos, *dear boy* ! Vous m'en voulez ?

Je n'ai pas répondu. Trop, c'était trop. Orson avait pris une expression coupable, parfaitement jouée.

— J'espère qu'au bout du compte, je ne vous aurai pas trop peiné, car voici maintenant de quoi vous réconforter : le tournage du film commencera l'année prochaine. Gregg Toland a tourné à Cannes les scènes qui se passent en extérieur pendant le Festival. Nous reviendrons à Cannes pendant la morte-saison pour tourner au Carlton, ainsi qu'à Paris, au Lancaster, au Proust et à Pigalle. Une autre partie sera tournée en studio à Hollywood. Mais écoutez le plus important, Jérôme : votre nom sera au générique du film – en dessous du mien, bien sûr, et en plus petit ! Car vous aurez participé, même si c'était à votre insu, au concept du film. Ce sera quelque chose comme « d'après une idée originale de Jérôme Dracéna ». Vous serez engagé comme consultant pendant toute la durée du tournage, ce qui veut dire un beau salaire en dollars. Vous viendrez à Hollywood, vous aurez un bureau chez Warner Bros, puisque c'est David qui produit le film. N'est-ce pas, David ?

David a acquiescé, Florence m'a souri.

— Vous vous demandez peut-être qui seront les acteurs. Tous ceux qui sont ici, a dit Orson en montrant, d'un geste large, sa troupe derrière lui : Ruth Donnelly, Scott Norris et Mireille, Tony, Guido, André Sonier… et moi, bien entendu ! Et je suis sûr de convaincre Rita de faire une apparition, un « caméo », comme on dit à Hollywood. Et je n'oublierai pas Josiane, votre Rita à vous !

J'avais retrouvé des couleurs depuis les bonnes nouvelles. Je me sentais même gonflé à bloc et j'ai demandé à Orson :

— Et qui jouera le détective privé ?

— Ce ne sera pas vous, Jérôme. Vous avez un physique parfait pour le rôle, mais vous manquez d'expérience – vous n'avez tourné que dans un film –, et surtout, le pire des obstacles, vous ne parlez pas anglais. On ne double pas à Hollywood : les Américains détestent les sous-titres. Alors j'ai pensé à quelqu'un qui sera parfait : John Garfield. Je vois que vous ne le connaissez pas. Vous vous ressemblez, et il sait ce que c'est qu'une bagarre, comme vous. Si vous voulez en savoir davantage, allez voir *Le facteur sonne toujours deux fois*, où il est remarquable aux côtés de Lana Turner. Je suis sûr qu'il vous plaira.

Poussé par ma résurrection, j'ai demandé à Orson :

— On peut savoir comment s'appellera le film ?

— *L'Assassinat d'Orson Welles.*

— Enfin une bonne nouvelle : vous mourez à la fin !

— Mais non, mon cher Jérôme, je ne meurs pas à la fin. Je crois que vous n'avez pas bien compris. La dernière scène du film se passe à la fin du Festival dans ma suite du Carlton avec tous les acteurs et nous sommes en train de la répéter mot pour mot en ce moment.

J'étais perdu. Le vertige m'avait repris. Ils avaient tous les yeux braqués sur moi. Ceux d'Orson étincelaient. J'ai voulu avoir le dernier mot. Le connaissant, j'ai eu tort. Je n'ai trouvé que ceci à lui dire :

— Vous m'avez embarqué dans cette histoire sans me demander mon avis, vous m'avez manipulé comme une marionnette. De quel droit ?

C'était ridicule, mais je m'en suis rendu compte trop tard. J'ai levé les yeux : il mesurait 20 mètres de haut, sa tête disparaissait dans un nuage de fumée. Des mots sont tombés, suivis d'un barrissement :

— *Dear boy… MY NAME IS ORSON WELLES* !

SOURCES ET BIBLIOGRAPHIE

Ouvrages

BARROT Olivier, *L'Écran français 1943-1953 – Histoire d'un journal et d'une époque*, Les éditeurs français réunis, 1979.

BEAUCHAMP Cari et BEHAR Henri, *Hollywood on the Riviera*, William Morrow & Co, 1992.

BOGDANOVICH Peter, *Moi, Orson Welles*, Belfond, 1993.

BOLLEN Jr. Paul F. et DAVIS Ronald L., *Hollywood Anecdotes*, William Morrow & Co, 1987.

BRASSEUR Pierre, *Ma vie en vrac*, Calmann-Lévy, 1972.

BRESSON Jean, *La Fabuleuse Histoire de Cannes*, Éditions du Rocher, 1981.

BRESSON Jean et BRUN Mario, *Les Vingt Marches aux étoiles – La Fabuleuse Histoire du Festival de Cannes*, Éditions Alain Lefeuvre, 1982.

CHÂTEAU René, *Le Cinéma français sous l'Occupation : 1940-1944*, Éditions René Château, 1996.

CHENOUNE Farid, *Des modes et des hommes – Deux siècles d'élégance masculine*, Flammarion, 1993.

DALIO, *Mes Années folles*, JC Lattès, 1976.

FRIEDRICH Otto, *City of Nets : A Portrait of Hollywood in the 1940's*, Harper and Row, 1987.

GÉLIN Daniel, *Deux ou trois vies qui sont les miennes*, Julliard, 1976.
HADLEIGH Boze, *Hollywood Babble On : Stars gossip About Others Stars*, Birch Lane Press, 1994.
HEIMANN Jim, *Out With the Stars*, Abbeville, 1985.
HEYMANN Danièle et DUFREIGNE Jean-Pierre, *Le Roman de Cannes : 50 années de festival*, TF1 Éditions, 1996.
HIGHAM Charles, *The Rise and Fall of an American Genius*, Saint Martin's Griffin, 1985.
JAGLOM Henry, *En tête à tête avec Orson*, Robert Laffont, 2015.
LEAMING Barbara, *Rita Hayworth*, Ramsay Poche Cinéma, 2008.
LEAMING Barbara, *Orson Welles*, Mazarine, 1986.
LOURCELLES Jacques, *Dictionnaire du cinéma*, coll. « Bouquins », Robert Laffont, 1992.
NIVEN David, *Bring on the Empty Horses*, Coroner Books, 1976.
PASCAL Michel, *Cannes, cris et chuchotements*, Nil Éditions, 1997.
SONIER André, *Mes palaces*, Robert Laffont, 1982.
TOUBIANA Serge, *Cannes cinéma : l'histoire du Festival vue par Traverso*, Le Club, 2004.
TULARD Jean, *Guide des films*, coll. « Bouquins », Robert Laffont, 1997.

Magazines

Cinémonde, « Cannes », septembre 1949.
New York Times, « Guido Orlando », mai 1988.
Noir et blanc, « Guido Orlando », octobre 1949.
Paris Match, Hors-série « Cannes », 1981.
Vanity Fair, « Louella Parsons », avril 1997.

FSC
www.fsc.org
MIXTE
Papier issu de sources responsables
FSC® C003309

10/18, une marque d'Univers Poche,
est un éditeur qui s'engage pour
la préservation de l'environnement
et qui utilise du papier fabriqué à partir
de bois provenant de forêts gérées
de manière responsable.

Imprimé en France par CPI

N° d'impression : 3037525
X07613/01